futami
HORROR × MYSTERY

魔女が全てを壊していった

如月新一

Kisaragi Shinichi

イラスト　斎賀時人

デザイン　坂野公一（welle design）

contents

プロローグ

心臓が止まらないと、殺されてしまう。

声を出せば見つかる。動くのも、もちろんだめ。心臓が動き回ってうるさい。そのせいで見つかったら、少女はそう考えるといっそのこと心臓を止めたいとさえ思った。

扉の外からは、獣じみた怒声が聞こえる。肉を切り裂く生々しい音と、痛みに喘《あえ》ぐ悲鳴も聞こえた。

神父の声がする。島の人は全員がクリスチャンというわけではない。それでも神父と挨拶をし、お祭りやイベントごと、家での宴会にも神父のことを招いていた。

少女は昔、教会で神父と将棋を指しながら、わたしは別にあの十字架の人や神様を信じていないのだけれど、と少し意地悪く話をした。

「信じたいものを信じればいいんですよ。神様がいると信じてもいいし、いないと信じてもいい。ただ、これからの人生で神様がいないと辛《つら》いと思う時がきたら、頼ったらいいんですよ。大きい木だから雨宿りをしよう、みたいにね」

神父は鷹揚《おうよう》な口調でそう言ったが、少女には理解ができなかった。ただ、神父の落ち着いた話し方や言葉には不思議な音色と重みがあり、広くて見通しのいい道で、大雨に打たれながら頼れる木を探す情景が思い浮かんだ。そういうこともあるのかもしれないないなあ、と妙に納得した。

その神父が今、北村《きたむら》のおじさんに馬乗りになって一心不乱にナイフで刺している。人間のものとは思えない叫び声をあげながら、壊れた玩具《おもちゃ》のように同じ動作を繰り返していた。北村のおじさんは、もう悲鳴をあげることもない。ただ、身体が時折、神父の動きに合わせて跳ねた。

少女は、扉の隙間から見えるその光景に、気を失いそうになっていた。

どうして？　なんでそんなことをするの？

誰か助けてよ。何してるの。神様はいないの？

その時、教会の扉が開いた。現れたのは、夜闇《やあん》を身に纏《まと》っているような黒い服を着た、綺麗《きれい》な人だった。目の前で行われている陰惨な光景に怯《ひる》む様子も、驚く様子もない。迷いのない足取りで、中へとやって来る。

神父が顔を上げ、彼女を見た。

「――まえがやった――お前がみんなをおかしくした！」

神父がナイフを黒服女性へ向ける。彼女はそれでも怯む様子がない。目を泳がせて、探している。

「美樹《みき》ちゃん？　怖かったわね、もう大丈夫よ」

少女は身体を固くして、息を呑《の》んだ。

「お前！」

神父がふらつきながら身を起こし、彼女のほうへ向かって行く。右手に掲げているナイフが窓から降り注ぐ月光を反射し、妖しく輝いていた。

それでも彼女は、何度も聞かされたつまらない冗談を耳にしたように、無視している。

「美樹ちゃん？　いるのでしょう？」

神様はいない。でも、魔女はいる。

あの魔女にだけは、見つかってはいけない。

少女は恐怖心に蓋をするよう、口に手をやった。

神父が床を蹴り、ナイフの先端を振り下ろす。「いけ」と少女は思った。

刺してしまえ。退治して！　殺して！　と強く願った。

ナイフが黒い服を切り裂き、白い肉を抉《えぐ》る。

そのはずだった。でも、神父は空中でその手を止めていた。右足に体重を乗せて踏みこみ、ナイフを振り下ろす格好のまま、不自然な形で硬直している。

神父が目を剝《む》き、頬を引き攣《つ》らせている。その表情には理性が戻り、はっきりと怯《おび》えが浮かんでいた。

魔女が、一歩ずつ神父の前へ歩を進めていく。

神父の眉が下がり、表情が歪《ゆが》み、目尻に涙が溢《あふ》れ出た。

少女には、神父の目に何が映っているのかはわからない。ただ、神父の顔が恐怖で覆われ、どんどん年老いていくように見えた。

その光景が怖ろしくて、見ていられなかった。

はずなのに、どうして目が釘付《くぎづ》けになっているのだろう。胸が早鐘を打って痛いと思っていた。だけど、これは胸の高鳴りなんじゃないか。目が離せないのは、見ていたいからだ。

本当は、早く魔女に見つけてもらいたい。

わたしはここにいる。

少女が口から手を離す。その時、手の甲が扉に当たった。

わずかな物音が鳴り、魔女がさっと神父から目を離す。神父が奇妙な姿勢のまま、床にどさりと倒れる。目を剝き口を開けたままで、人の尊厳や命、何もかもを奪われた顔をしていた。

指一本ほどの隙間から、少女と魔女は視線を交わした。

少女はほっとし、安心感で胸や身体中が包まれていくのを覚えた。あたたかい気持ちになり、不安は全て吹き飛んでいった。わたしはずっと、あの人に会いたかったんだ。お話をしたり、ずっとそばにいたかったんだ。どうして逃げていたんだろう。

魔女は、とても穏やかな笑みを浮かべていた。

第一章

1　木屋川

　飛行場に蝙蝠《こうもり》の群れが現れ、四歳の子供が虐待で死に、双子のパンダがお昼寝をした。不吉、憤怒《ふんぬ》、平和、一体何色の感情になればいいのか、どんな顔をすればいいのか。虐待という言葉がどうしても頭に残り、パンダの寝顔を見る気持ちにもなれず、やるせなさを仕舞うように木屋川《きやかわ》はスマートフォンをポケットにつっこんだ。

「やー、結局呼んじゃって悪いね。ほら、わたしってか弱い女に見えるでしょ？　それでクソ野郎どもになめられんだよね」

　エレベーター内で階数表示が上昇するのを眺めながら、伊森《いもり》が舌打ちをした。

　伊森は肌が白く、一重瞼《ひとえまぶた》の童顔で、小柄な体格をしている。前髪を上げて横に流す髪型は大人っぽい。仕立てのいいスーツに磨かれたヒールを履いている姿は、秘書然としている。だが木屋川には、伊森が大人として見られようと背伸びをしているように見えた。

一方の木屋川は大柄で体格はいいが、目つきが悪い。柄も悪いし、愛想も悪い。町で人とすれ違う際には、こちらがどけと思っていなくても、向こうがさっと避けていく。物騒な仕事をしているのではないか、と不安になるのだろう。

もしこのエレベーターに人が乗りこんで来て、木屋川と伊森の組み合わせをよからぬ会社の上司とその部下と思ったのであれば、正解だ。

「どの生き物も、生まれたては弱いだろ。外敵の多い自然界では死活問題だ。だから、子供の頃は周囲の生き物が守りたくなるような顔つきになっている。例えば、目の位置が顔の下半分にある、とかな」

「なにそれ。わたしが童顔だから、守ってあげたくなるタイプってこと？」

木屋川は言葉の意味を考え、「かもな」とうなずく。

伊森が背広の内ポケットから小さなスキットルを取り出し、口に含んだ。昼間から、それも仕事中に酒を飲んでいたら、木屋川は伊森は心底軽蔑するところだが、中身はお茶らしい。

「それは内ポケットに入れとくと、ナイフで刺されても大丈夫、みたいなお守りなのか？」

「携帯しやすいから使ってるだけ。お守りと言えばさ、こないだの３Ｄプリント銃が暴発した話ってホント？」

「本当だ」

「木屋川だけ無事だったってのも？」

首肯《しゅこう》する。

木屋川は別の上司から呼び出され、３Ｄプリンターで銃を作ったから試してほしいと渡された。玩具《おもちゃ》にしか見えず訝《いぶか》しんでいたら、引き金を引いた同僚の手が吹き飛んだ。どうやら、引き金を引いたら手元で暴発する粗悪品だったらしい。

「あんたって昔から運だけはいいよね」

「俺に運があるなんて、笑える冗談だな」

「手すりが壊れて六階から落ちたのに、下がゴミ捨て場だったから助かったとか、聞いた時笑っちゃったもん」

「あれもたまたまだ。親の借金のせいで、十二の時から十年も轟《とどろき》にこき使われてる俺に運があると思うのか？」

「そら、ないわねえ」

正解！　と告げるように軽快な音が鳴り、エレベーターが開く。

エレベーターの外、マンションの廊下に出て左右を確認する。どっちだ、と目で訊《たず》ねると、伊森があごをしゃくった。童顔ではあるが、伊森は守ってあげたいタイプではないな、と木屋川は自身の考えを打ち消す。

「ここだよ、ゴミ野郎が住んでるのは」

「クソなのかゴミなのか」

「クソゴミ野郎がこの中にいるわけよ」伊森がインターホンを押す。反応がない。

留守、とは木屋川には思えない。伊森は仕事のできる人間だ。家主の行動パターンは把握しているだろう。伊森がインターホンを連打する。四度のインターホンが無視された。

木屋川が扉に向かい、拳を振り上げる。

が、ふと思い付きでドアノブに手をかけた。引いてみるとあっさり開き、その呆気《あっけ》なさに木屋川と伊森が顔を見合わせる。伊森の舌打ちが響く。

中に入り、土足のまま廊下を進む。リビングへと通じる扉を開くと、黒いソファに座っている中年の男がいた。上下スウェットのリラックスした格好で、テレビを見ていた。大きなテレビの中でクイズを外した芸能人よりも、びっくりした顔をしている。

「なんだよなんだよ」

「金山《かねやま》さん、もう終わりだよ、あんた。次はおっかない人が来るよって言ったよね。で、あんたなんて言ったか覚えてる？」

「おれは――」

「『どうせなら、もっとナイスバディを連れて来てくれよ』って言ったわけ。ほら、連れて来たよ。満足？」

「あの、いや。そういう意味じゃ」

金山は、先週の金曜日に轟《とどろき》のホテルを訪れた。

ホテルコーストは、湊明町《そうめいちょう》の海側、別荘地帯に古くからある老舗のホテルだ。

一九三〇年に建てられ、横浜《よこはま》だからなのか当時の流行の最先端だからか、外壁はレンガ調で格式張り、内装もヨーロッパの異国情緒を意識している。高級なレストランやバー、映画や催しものを上演する劇場、更には豪華な庭園もある。

戦後には、アメリカの著名人も多く宿泊したらしい。その目的は日本での仕事や外交、横浜の観光だけではない。わざわざ栄えている山下《やました》エリアから離れた場所に宿泊するのには、理由がある。

当時も今も裏の目的となっているのは、賭博だ。

ホテルの一室では会員制のギャンブルが行われている。例えば、ポーカーそれ自体は違法ではない。金を賭けて賭博行為をするから、違法になる。リスクを冒すこと、そのものを楽しんでいる連中がいる。

金山は気取った鼻持ちならないタイプの客の一人で、勝ったり負けたりを繰り返している。だが、最近は負けがこんでいるらしい。もともと、裏カジノなんて自分が世界の中心だと思っているような奴らが集まるところだ。負けたら何かの間違いだ、俺様がこんな不遇な目に遭うのはおかしい、運命が自分を見放すわけがない！　とどんどん視野が狭くなる。

その結果、金山は自分が通っているのが轟が支配人をしているホテルコーストのカジノであるということを忘れた。覚えていたら、きっと金を払わないで「いかさまだ！」と逃げることはしなかっただろう。

木屋川はその場にいなかったが、他の客たちが金山をどんな顔で見ていたのか想像できた。馬鹿を見る目だ。今、自分も同じ目をして、金山を見ているのだろう。

木屋川が腰につけたホルダーから、金槌《かなづち》を取り出す。

「お前には二つ選択肢がある。二つもあるなんて、贅沢《ぜいたく》だよな。一つは、こっちの平らなほう、もう一つはこの尖《とが》ったほうだ。金を払うなら、平らなほうでお前の指を潰す。金を払わないなら、尖ったほうでお前の頭を割る」

「何言ってんだよ。ちょっと待ってくれよ」

今日の《病院》が混んでなければ、お前は尖ったほう一択だった。だからラッキーだなと伝えても、きっと理解できないだろう。

伊森から「とりあえず、指やっちゃってよ」と促され、木屋川が金山に歩み寄る。

「わかった！　払う！　払う！」

そう言って、金山がソファから飛び降り、ベッドルームへ移動した。

想像力があるならば、初めから金を払えばよかったのだ。敬語じゃないところ以外、木屋川は不満を感じなかったが、伊森は舌打ちをした。俺が出てきた途端に素直に払うと応じる、この態度を見せられたら伊森が怒る気持ちもわかった。

「はい、これ。すいませんでした」

リビングに戻ってきた金山が札束を差し出し、伊森が受け取る。指で挟み、一万円札の枚数を目にも止まらぬ速さで確認し始めた。

木屋川は、ほっとしている金山の左手首をつかみ、そのままテーブルへ引っ張っていく。金山がつんのめるような姿勢で、「なんすかなんすか」と声をあげた。抵抗を試みているが、木屋川はびくともしない。「やっちゃえー」と伊森が黄色い声をあげていた。

『問題です。ドクダミの名前の由来はなんでしょうか？』テレビから声がする。

「解毒効果」木屋川が口にする。

直後、金槌を振り下ろし、金山の小指を折る。わずかな衝撃が、木屋川の腕に伝わる。それよりも、金山の悲鳴のほうが身体に響いた。尊厳やプライドを折るために、指や鼻など目立つ場所を負傷させるのは、効果的だ。こいつも度し難い馬鹿でなければ、同じ過ちは繰り返さないだろう。

「思ってたんだけどさ、あんたって昔から変なこと詳しいよね」

「そうか？」

「今みたいに、中華料理屋のテレビでクイズが流れてるとさ、ぼそっと正解言うじゃん」

それは無意識のことだったので、きまりが悪い。追及されたら嫌だなと木屋川は伊森の顔を窺《うかが》ったが、特に気にしている様子はなかった。

「そうだ、ねえ、支配人から聞いてこいって言われてたことがあったんだ。あんた、ずいぶん綺麗《きれい》な人を連れて来たらしいじゃない。誰？」

「ああ、あの人は、知り合いに紹介されて、あの日に初めて会ったんだ」痛みで震える声で金山が答える。

「何者？　名前は？」

『問題です。乳幼児がハチミツを食べてはいけないのは、何菌が原因？』

ボツリヌス菌。頭の中で唱えながら、金槌を再び下ろす。

「さつきめ――」

金山の声が、絶叫に変わった。小指だけ、とは誰も言っていない。

2　朝比

「お客さん、クーポンは？　いいの？」

朝比真矢《あさひまや》は、カウンターの向こうにいる大柄の男に、うっかりため口で訊ねてしまった。

商店街の喫茶店でたまに見かけるし、知らず親近感を覚えてしまっていたのかもしれない。

男は身長が二メートルほどあり、肩幅も広く、筋骨隆々としている。何かぶつかる系のスポーツをやっていてもおかしくはなさそうだけど、スポーツマンのような爽やかさは一切なく、黒いスーツが物騒な気配を放っている。

「クーポン？」

「あの、店からラインが届いてたら、と思いまして」

「やっていない」

「そうでしたか」納得して固まっていると、「釣りは」と急《せ》かされた。

手前《てめえ》俺がラインやってねえのを馬鹿にしてんのかよ、女だからって容赦しねぇぞと凄《すご》まれるんじゃないかと思っていたので、ほっとする……わけもなく、朝比は慌ててレジを打つ。

大柄の客が店を出てから、朝比は額に浮かんだ冷汗を拭った。

「お前って、てっきりしっかり者かと思ってたら、うっかりしてるよな」

店長の赤木《あかぎ》がのそのそと歩きながら、てっきりしっかりうっかり、と同級生を茶化すように笑う。熊のような体系で、『STAR WARS』と書かれたTシャツが張っている。今日も眼鏡だけは丸い洒落《しゃれ》たものをかけていた。

「店長、見てたんなら助けてくれてもよかったじゃないですか」

「助けるも何も、あの客は悪くないだろ。お前が勝手にてんぱってただけで」

「まあ、確かに」

「そう言えば、聞いてるか？　幽霊屋敷に人が引っ越して来る？　来た？　とからしいぜ」

その洋館は、町や人の生活を見下ろすように、坂の上に建っている。

山手エリアではないものの、横浜が開港した際に建てられたもので、外国人向けの住宅だったとも、ハイカラなものを好んだ貿易商が建てたとも聞いたことがあった。

昔は画家の老夫婦が住んでいたんだぞ、と朝比の父親が話をしていた。画家夫婦は人付き合いがいいほうではなく、先に画家の夫が、数年後に妻が亡くなり、その後は空き家になっていたはずだ。

「この店とあの屋敷がなくならないのが、この町の七不思議だったんだがなあ」

「自分で言ってりゃ世話ないですよ」

暇な店なのに高校生の朝比が雇われている理由は、赤木が気まぐれにミニシアターへ映画を観《み》に行く時の店番をさせたいからだろう。経営の心配をしたこともあったけど、赤木はネットを通したやり取りで収入をまかなっているらしい。趣味だねえ、と思う。

「そう言えば、先週お母《かあ》が業者の人が出入りするのを見たって言ってました。取り壊すんじゃないなら、引っ越し関係だったんですかね。どんな人が来るんだろう」

「画家の親戚とかじゃないのか？」

「子供はいなかったって聞きましたよ」

「兄弟とかそういう」

「兄弟もいないって」

「血の繋《つな》がった誰かはいるだろう」

赤木が口を尖らせて、熊髭《くまひげ》を撫《な》でた。

「でもよ、広くて洒落てるけど駅から遠いし、坂の上だし、暮らしにくそうだよな。なんでわざわざあの家に住むのか」

「何かにかこつけて挨拶したいですね。店のチラシを持って行こうかな」

そう言いながら、朝比は「あ」と洩らした。うっかりを、またやらかしてしまった。

今は利用客に紙のクーポンを配布しているのに、さっきの大柄の客に渡し忘れてしまった。朝比が慌てて店を出る。四月の下旬になり、春めいたと思っていたのにここ数日何故かまた肌寒くなってきている。身体が震え、顔をしかめた。

視線を泳がせるも、そこには大柄の客はいない。目印にされそうなほど大きいのだから、見落とすわけがないはずだ。

しまったなあ、と思った時、横断歩道の向こうから、女性が歩いて来るのが見えた。朝比がおや、と思ったのは彼女が黒い傘を差していたからだ。曇っていて、太陽が見えないものの、雨が降る予報はなかった気がする。

女性の背は高く、黒いコートが大人びている。日傘を差しているのも上品に感じた。手には、革製の大きな旅行鞄《りょこうかばん》を持っている。仰々しい大きさだけど、手入れがされているのがわかる味わい深い色をしていた。

いつの間にか黒服の女性とすれ違った。その時、花のような優しい甘い香りがした。脳に伝わり、くらっとする。女性の魅力で色香という言葉があるけど、彼女には惹《ひ》きつける不思議な引力があった。

朝比は、生まれて初めての体験に困惑していた。と同時に、確信にも似た予感を覚える。もしかして、引っ越して来たのはあの人なんじゃない？

3　木屋川

木屋川は、今年になってから「普通」の練習を始めている。

一人で書店へ行って興味のあるものを探したり、生活雑貨のコーナーで必要なものが何かを考えたり、レンタルビデオショップに行って自分は何が好きなのかを考えるようにもなった。

木屋川の両親は小学生の時に蒸発している。きっと、もうこの世からも消えているだろう。借金をし、それを辿《たど》った先に轟がおり、返済をしなかったのだから仕方がないことだ。

母親はパート、父親は工場に勤務していた。貧しい家庭でもともと喧嘩《けんか》の多い両親だった。それが父親の失業を機に夫婦の酒の量が増え、言い合いは罵り合いへ変わった。どちらが先かは知らないが、手を出すようになり、木屋川もその対象になった。返事をすれば殴られ、返事をしなければ蹴りをいれられた。

子供ながらに、この二人はもうだめだなと思っていた。まともに生きることなんてできないだろう、と。その予感は的中し、二人はいつの間にかギャンブルを始めていた。パチンコ、競馬、競輪、競艇、勝ったり負けたりしながら、トータルで見れば当然大負けしている。それが彼らの人生だ。

思考を放棄し、欲に溺れ、低きに流れて消えていく。

両親を見て、ああはなるまいと心に誓って生きてきたので、木屋川は決して酒も煙草もギャンブルもやらない。だが、まっとうに生きることはできなかった。

父親の失業から一年後、多額の借金を残して二人は失踪した。

親が違法な賭博で作った借金はどうなったか？　十二歳の木屋川が背負うことになった。

木屋川は、周りの大人や警察に助けてもらったことがない。それよりも、貧乏家庭の子供だと見下されていたように思う。木屋川は誰かに助けられることもなく、助けを求めることもできず、借金返済のために支配人たる轟に雇われることになった。

しごく、という言葉では生ぬるいほどの訓練を受けた。過酷だったからか、今となっては子供の頃の記憶を思い出せないほどだ。ただ、暴力を商売に変えたのはこの時期だったと記憶している。

轟の下で働き始め、この十年間は娯楽と無縁の生活を送っている。早く借金を返済し、普通の生活を送るためだ。

だが、それももうすぐ終わる。

借金の清算が終われば、自由になれる。木屋川が大切に記録している帳簿によれば、取り立てのような雑務は別として、あと三人分仕事をすれば借金は返済される。

二十二で解放されるのは、木屋川にとって何より嬉《うれ》しいことだった。普通の人間は、大学を卒業して社会に出るのが二十二歳だ。俺もやっと、普通のルートに合流できる。

木屋川は今、商店街の隅にある「ペチカ」という喫茶店で食事をしている。ペチカは通りかかった人が見たら良く言えばレトロ、悪く言うと古臭い店構えをしている。それでも地域住民に親しまれている賑《にぎ》やかな店なので、木屋川はわざわざ人が少ない時を選んで入り、隅のボックス席に座ってナポリタンを食べている。これも、普通になるための訓練の一環だ。

カウンターの奥には、オーナーの三国華《みくにはな》がおり、席には常連の男性客が一人座っていた。碇《いかり》という四十代のクリーニング屋の店主で、ペチカで見かけることが多い。三国を口説いているというわけではなく、店を妻に任せてさぼりに来ているという感じだ。

「碇さん、言いにくいんだけど『告知事項あり』っていわゆる事故物件だよ」

「え、そうなの？」

「ちなみに、わたしのなんとなーくの記憶っていうか、子供の頃に親から聞いた話だけど、碇さんの住んでるマンションって」

「ちょっと、勝手に話を続けないでよ」

碇が慌てて言葉を遮ると、三国は面倒臭そうに片眉を上げた。

「ストーカーが部屋に――」

「やめてってば」

碇がだんだん本気で怯《おび》える様を見て、三国が唇の端を上げる。

働き、一息つくために喫茶店でコーヒーを飲み、談笑する。木屋川は店の前を通りかかり、中が見えるたびに憧れを抱いていた。それゆえに自分のような人間が、普通の人が過ごす店を利用することを良くないと思っている。

それでも、人が少ない時を選んでこの店に通う理由の一つは、三国だった。

三国は気さくで溌溂《はつらつ》とし、ポニーテールが似合っている。顔には目立つ皺《しわ》がなく、肌にはりがあり、化粧が薄くてもさっぱりとして似合っていた。ふらっと来た客が三国に親近感を覚え、お近づきになろうと身を乗り出してデートに誘い、「娘も連れてくけどいい？」と言われてきょとんとするのを何度も見た。

この店を切り盛りし、料理をし、お金を稼ぎ、人と談笑をし、女手一つで小学校三年生になる娘を育てている。働き、コミュニケーションをし、子供を育てる。普通のことを平然とやっているように見えて木屋川は尊敬の念を抱いていた。

「木屋川ってさ、サービス精神がないんだよね。沈黙は平気だし、話題が広がらなくてもいいとか、オチを用意しなくちゃとか思ってないでしょ。だから、つまんないわけ」

以前、伊森《いもり》にそう言われたことがあった。昔であれば聞き流したことだ。だが、普通になる前に、改善しなければいけないのでは？　と不安になった。

小学校も途中から行かなくなり、中学校も通わなかったため、お手本となる人物がいない。そんな中、見つけたのが三国だ。木屋川は三国から会話の技術や社交術を盗むために、ペチカに通っている。

「碇さん、なんでまた、事故物件かなんて調べてたの。なにかあった？」

「いや、うちじゃなくて、洋館が気になったんだよね。赤い屋根の、古めかしいとこ」

ああ、あそこ、と三国が相槌《あいづち》を打つ。

「長い間、人がいなかったじゃない？　それで、事故物件なんじゃないかって思ったんだけどさ、違ったよ」

「わたしが子供の頃から人はいなかったなあ。引っ越して来たみたいだね。今日その話をするお客さんばっかり。まだ挨拶をした人はいないみたいなんだけど」

湊明町《そうめいちょう》から電車に乗れば、三十分ほどでみなとみらいへも行ける。ここは決して田舎というわけではないが、商店街が根城という人々はローカルな繋がり意識が強いのだろう。

そんなことを思案しながら、木屋川は自分も三国のように笑顔を作れないか、俯《うつむ》いて口角の動きを練習する。

「そう言えば咲千夏《せちか》ちゃんはまだ学校？」

「今日は水曜日だから、学童保育の絵画教室だって朝から張り切ってた」

咲千夏は、小学校二年生になる三国の娘だ。常連客はこのあたりの人間が多く、咲千夏のことを赤ん坊の頃から知っている。咲千夏に愛嬌《あいきょう》があるということもあるが、顔が三国に似ているからみんなに可愛がられている。

三国がそう言った直後、店内にスマートフォンの着信音が鳴った。自分の仕事用のものではない。「はい、三国です」と応答する声が聞こえた。

「どうしてもっと早く、連絡をくれなかったんですか！」

突然声を荒らげる三国に、木屋川は驚いて顔を上げた。三国が取り乱すのを見たのは、初めてのことだった。

三国はすぐに「ごめんなさい、言葉が強くなってしまい」と冷静さを取り戻した様子で、二、三話をして通話を終えた。

「咲千夏が、絵画教室に来てないって」

4　朝比

朝比はレジカウンターの中で、やめておけばよかったと後悔した。

壁の時計を見て、残りがあと一時間と知ってしまった。アルバイト中のあと一時間、そこから体感時間が異常に長くなる。時計を見なければよかった。

返却されたソフトのクリーニングも終わり、棚のチェックも終えた。レジ締めは店長の赤木がやるので、店の掃除をやってしまおうか。いや、やっぱり掃除は気が重いから、閉店の十時前にちゃちゃっと終わらせよう。

せめて無駄話をする相手がいればと思ったところで、自動ドアが開いた。

「あ、戻って来た」

「そこは、お疲れさまです、だろうが。そんなことよりな、お前、これ」

赤木が持っていたビデオカメラをカウンターに置いた。テレビ局でも使っているという、大きくて仰々しいものだ。

「え？　嘘《うそ》？　ありがとうございます。バイト帰りに取りに行こうと思ってたんですけど」

「やっぱりお前さんのだよな。誰かに盗まれたらどうするつもりだったんだよ」

「大丈夫ですよ。見つけても交番に届けてくれますって。ここは海外旅行に向いてない人たちの町なんですから」

朝比は下校中、アルバイトに来る前にビデオカメラを公園に仕掛けてきた。作っている映画に、夕暮れ時から夜にかけての公園の映像が欲しかったからだ。ビデオカメラの側面についているモニターで、データを巻き戻しながら確認する。

象の滑り台のある公園で、子供たちが缶蹴りをしたり、お年寄りが鳩《はと》に餌をあげたりしている。わが町は長閑《のどか》だなあ、と思う。

「『エネミー・オブ・アメリカ』で、野鳥の撮影をするために公園のゴミ箱にカメラを仕込んでるキャラがいたじゃないですか。それを思い出したんですよね」

「そいつ大統領暗殺を記録しちゃって殺されるじゃねえか」

「さすが店長」

「お前なあ、高三になったんだろ？　ちゃんと受験勉強をしろよ。大学に落ちて、わたしは映画監督を目指してるんでって、開き直る奴にだけはなるなよ？」

お母みたいなことを言うなあ、と朝比は赤木に背を向け、映像の確認を終える。

四月になり、朝比は高校三年生になった。もう受験生だし、決して褒められるような成績ではないので、指定校推薦で楽に受験を乗り切ることはできない。映画監督になりたいけど、うちには美大に行くお金もない。

「次の映画で賞をもらって、それで自己推薦とかＡＯ入試で合格ルートしか、わたしにはないと思うんですよねえ」

朝比の頭痛のタネは進路だ。自分が目指しているのは映画監督で、子供の頃に『バック・トゥ・ザ・フューチャー』を観て、こんなに面白いものをわたしも作りたい！　と雷に打たれた。それからは映画を見漁《みあさ》るようになり、ビデオ屋で働いてるなんて、わたしはタランティーノみたいだなと思っている節もある。

映画監督になりたいなあ、と夢見ているだけなら十七歳の少女でも、映画を初めて観た五歳の少年でも思えるが、朝比は行動もしていた。人のいない部活動でも大会に参加し、大賞とまではいかないが賞をもらってもいる。

朝比にとって、次回作で高校生活の集大成と呼べる作品を作り、勝負をしたいというのは本気の考えだった。

「その自信はどっからくるんだよ。いいか、そういうのを取らぬ狸《たぬき》の――」

赤木の説教中だったけど、それを遮るように自動ドアが開いた。

「いらっしゃいませ」朝比が店員らしく声をあげてから、どきりとする。

店にやって来た、もとい戻って来たのは、あの大柄の客だった。鹿爪《しかつめ》らしい顔をして、じっとわたしを見つめてくる。

「クーポンですか？」

「クーポン？」

「さっき渡し忘れちゃったので」

「違う。ペチカの子供は来ていないか？」

朝比と赤木が顔を見合わせ、答え合わせをするように首を横に振った。

「三国さんところの、咲千夏ちゃんですよね？　来てませんけど」

「そうか」大柄の客が背を向けて店を出て行こうとしたので、朝比は慌てて「ちょっと待ってくださいよ」と呼び止めた。

「咲千夏ちゃんに何かあったんですか？」

「下校から行方がわからないらしい」

驚き、唖然《あぜん》とする。三国親子はこの寂れた店の数少ない常連客だ。『ドラえもん』の映画を毎週借りていく彼女を、朝比は愛《いと》おしく感じていた。

その咲千夏が家に帰っていない？　もうすっかり夜なのに？

「おいおい、二人ともおっかねえ顔するなよ。まだ九時過ぎだろ。おれが子どもの頃は外で平気で遊んでたもんだぞ。自転車乗って遠くまで行ってみたりとかな」

これを本気で言っているのだから困る。「時代が違うし、咲千夏ちゃんは女の子なんだから。何かあったらどうするんですか」

具体的な想像なんて何もしたくない。ただ、お姉ちゃんと懐いてくれていた咲千夏の身に何かあったらと考えるだけで、朝比の胸は苦しくなった。反論を受けた赤木が、やっと

「確かにな」と渋い顔をする。だけど表情は、だからってどうすることもできないだろ、とも浮かんでいた。

「いないなら、いい。俺は他所《よそ》を探しに行く」

この人はおっかなさそうに見えるけど、面倒見がいいのだろうか。物騒な気配や纏《まと》っている空気は相変わらず暗い。それでも朝比の目には彼の行動に裏があるようには映らなかった。

朝比が店のエプロンを脱ぎ、カウンターに放る。

「探すのを手伝います！」

5　木屋川

夜の九時半、それは小学校二年生、八歳の女の子が一人で出歩く時間ではないらしい。そもそも何歳から何時までなら一人で出歩いてもいいのか、それも木屋川にはわからない。

一時間ほど前、木屋川はペチカのボックス席から三国と碇のやり取りを眺めていた。

情報から察するに、咲千夏は絵画教室を楽しみにしていた。だから、無断で休むはずがない。休んだとしても、店や家に来ていないのはおかしい。咲千夏からの連絡がない。

一体どこへ？

三国はそう不安に感じているようだった。ならば、それが普通の反応なのだろう。

木屋川は自分が咲千夏くらいの年齢の頃を思い返してみる。

親が帰って来ず、空腹で冷蔵庫や冷凍庫の中を漁り、小銭がどこかにないかと引き出しや家中の隙間を確認していた。それでもなにも見当たらず、食べられそうなものは外にあるかもしれないと徘徊《はいかい》したものだ。人の軒先で、明らかに地域猫のために用意された缶に手を出して、高熱に浮かされ、腹を下したこともあった。

「帰って来ていないと、普通はまずいものなのか？」

だから、思わず碇にそう訊ねてしまった。

「そりゃ、普通はそうですよ。何か事件や事故に巻きこまれているかもしれないじゃないですか。悪い大人がいるんですから」

あなたみたいな、と言わんばかりの顔をされ、木屋川は苦笑した。碇が、はっとした様子で目を泳がせる。

が、悪い大人がいる、という点は十分納得できることだった。

木屋川は、この世の中には暴力があることも知っている。だが、大人が弱者である子供を虐げることは、絶対に許せなかった。かつての自分を思い出してしまうからだろう。

普通、子供がいなくなったらどうするのかはわからない。なので、木屋川は自分の信念として子供を助けるために「咲千夏を探す」と三国の店を出た。

咲千夏は下校中に友達と別れてから、行方がわからなくなったらしい。

すぐに見つかる、とは木屋川には思えない。何故なら、クソみたいな大人はいるからだ。しかも、驚くほどたくさんいる。咲千夏が暗闇に引きずりこまれ、そこから二度と出てこれないのではないか、という嫌な妄想が浮かぶ。

子供の帰りが遅いということがどういうことなのか、何故もっと自分は考えなかったのか。想像力が足りない、というだけで自分の親を思い出してしまう。木屋川は自身の未熟さに、腹が立った。

近所の小学校、保育園、公園、科学館、子供が行きそうな場所を回る。子供を見かけても咲千夏の姿はなく、ここにいた、という形跡も見当たらない。

自分は咲千夏のことを詳しく知らない。なので、顔を出したレンタルビデオショップで「探すのを手伝います！」と言ってきた朝比を、不要だと追い払うことができなかった。

しかし、だんだんと居心地が悪くなってくる。話題もないし一般人を連れ歩くことに対して、後ろめたさを覚え始めた。

湊明駅前のほうへやって来ると、盛りのついた若者たちがコンビニエンスストアの前でたむろをして酒を飲んで騒いでいた。仕事帰りと思しき背広姿の男たちが、若者から因縁をつけられないように距離を取って移動している。

「お前も未成年だろ？　この時間にうろうろしていてもいいのか？」

「木屋川さんはどのあたりを探したんですか？　わたし抜きで咲千夏ちゃんが行きそうなところわかるんですか？」

木屋川にわかるわけがない。だが、「それでも、探すしかないだろう」と自分に言い聞かせるように返事をした。

「心当たりがあるんだけど、そこに寄りませんか？」

そこだけ教えてもらいたいところだったが、朝比を説く時間がもったいない。木屋川は仕方なく、「一件だけな」と釘《くぎ》を刺した。

「前に咲千夏ちゃん連れて、友達と何人かで地区センターに行ったんですよ」

木屋川の知らない場所だった。なので、大人しく木屋川は朝比の後ろをついて歩くほかない。女子高生に夜道の先導をされるのは決まりが悪いが、仕方がなかった。

木屋川は前を歩く、セーラー服姿の朝比を見ながら、頭の中で計算する。高三だと話していたから、十七か十八だろう。自分にとっては四年前になる。四年前、俺は今と同じことをやっていた。金の取り立てをし、暴力を振るい、ひどい汚れ仕事もした。

親がクソじゃなければ、俺も普通に高校へ通い、普通にアルバイトをし、普通に何かに打ちこめていたのだろうか。

橋を渡って川沿いの道を進むと、水色の建物が見えてきた。木屋川にも趣からあれだなとわかった。咲千夏がそこにいてくれたら、と気が急き、足早になる。しかし、辿り着く前に二人は「ここじゃなかった」と悟った。

窓の明かりが全て消えていた。腕時計を見ると、夜の十時だ。閉ざされた門の前へ向かい、一応確認する。

掲示板を覗《のぞ》きこむと、「休館日」と書かれていた。

嘆息を洩《も》らしながら、視線を移す。真っ暗な建物には人の気配がなく、それだけでも不吉なものに見えた。

「ごめんなさい、違いましたね」

「ペチカに戻るぞ。俺が送ると驚かれるだろうから、お前を家に送るのを誰かに頼む」

まだ探しますよ、普段はもっと遅い日もあるしと言い出す朝比を「駄目だ」と遮る。

「でも、吉野渚《よしのなぎさ》さんのこともありますし」

「吉野渚？」

「知りませんか？　この町で、昔、行方不明になったままの女の子がいるんですよ」

吉野渚、と木屋川は頭の中で唱える。語感に聞き覚えがあるような気がしたが、心当たりはない。「知らないな」と首を横に振った。

「十年前の話なんですけど、吉野渚さんっていう中学生が帰宅途中に行方不明になったんですよ。わたしも子供会で遊んでもらったことがあって。明るくて面倒見が良くて、素敵なお姉さんでした」

朝比の表情が沈み、胸の奥底に仕舞ったものを覗いてしまったような顔をした。

「犯人は捕まったのか？」

「犯人？」

「まだなら、この町にいるのかもな」

「そんなこと、別に事件とは限らないじゃないですか」立ち止まり、朝比が木屋川へ睨《にら》むような視線を向ける。町の仲間のことを悪く言わないで、と言いたげな顔だ。

「かもな。だが、可能性はあるだろ。この町で行方不明のまま、見つかっていないんだからな。あるわけないと思う根拠がない」

「ないと思いますけど」

「疑うべきだ。悪い大人はいるからな」

今、目の前にいる俺だって、間違いなく良い大人ではない。

「木屋川さんって、刑事さんですか？」

「俺が？」思わず大きな声が出る。

「怖い人なのかなって思ってたけど、咲千夏ちゃんを探してくれているし、鋭いことを言うから。マル暴の人ってそっち系に見えるとか言うじゃないですか」

どっちにしてもひどい偏見だなと苦笑する。木屋川は朝比の話を聞きながら、広い通りに出て、駅前商店街のほうへ向かおうと左折した。

その時、再び朝比の足が止まった。

顔を上げ、何かを眺めている。木屋川も、朝比の視線の先へ目をやる。坂の上には、屋敷が佇《たたず》んでいた。

おや、と木屋川の片眉が上がる。

「あれ、明かりが」

木屋川もその光景を、初めて見た。

屋敷に明かりがともっていた。確か、ペチカの客が「幽霊屋敷」と呼んでいた。幽霊が出るわけないが、人が住んでいないのにずっとそこにあるのは、生命が宿っていないのに存在し続けているようで、どこか不気味なのだろう。

その幽霊屋敷の一階と二階、伸びた塔屋、全ての窓から、柔らかい光が放たれている。人が暮らし始めていると噂《うわさ》では聞いていたが、本当だったのか。

明かりがともり、人の気配があるだけで、あの屋敷はあんなに幻想的な雰囲気になるのか。

「行くぞ」

今は見入っている場合ではない。声をかけると、朝比ははっとした顔つきになり、うんうんうなずいた。交差点を左折し、商店街へ、三国の店へ足を向けた。

あたりは暗くなっていたが、三国の店からも明かりが洩れている。幽霊屋敷とは違い、こちらからは、希望を絶やすまいという強い意志を感じた。

扉を開け、中に入る。

そこには、木屋川が一方的に知っている面々が七名集まっていた。ペチカの常連客たちだ。三国、八百屋、パン屋の親子、クリーニング屋の碇夫婦、そして朝比の父親がいた。

全員の視線が木屋川に集まる。体格や顔つきに驚き、次に隣に朝比がいることに動揺しているのが伝わってくる。どう説明したらいいかと口を開きかけたが、思いつかなかったのでやめた。

「この人、木屋川さん。咲千夏ちゃんを探しに店に来てくれて。一緒に探してもらってたんだけど、咲千夏ちゃんは？」

朝比が説明をしてくれたので、木屋川は対応を全部任せることにして、身を引いた。

町の住民たちは俺のことを気にしつつも、今は咲千夏のことへ気を取り直しているように見える。

「病院の裏の公園と、団地のほうの公園、スーパーのゲームコーナーも見てきたんだけど、いなかったよ」碇が首を振る。

「わたしたちは地区センターも見たんだけど、今日は休館日で」朝比が力なくかぶりを振る。そして、おそるおそるといった様子で、言葉を続けた。

「思ったんだけど、ＳＮＳに投稿するのはどうですか？　ツイッターとかフェイスブックとか。写真と一緒に、目撃情報を募ってるのをたまに見るんですけど」

朝比の提案を受け、三国が「そうね」とつぶやきながらスマートフォンを握りしめ、固まる。

木屋川はスマートフォンを持っているものの、仕事以外で使用したことがほぼない。道がわからない時に地図アプリで調べる程度だ。だから、どうするのが正解なのか、判別できない。ネットを頼って大勢に聞いたほうが見つかる可能性が高いような気もするし、デマに一喜一憂する可能性も高い気もする。

三国の瞼《まぶた》が痙攣《けいれん》していた。ぎゅっと握りしめていた手をほどき、自分を言い聞かせるようにうなずいた。

「そうね。うん、わかった」

三国がスマートフォンを操作し、写真を見つめている。愛おしそうに、画面を優しく指でなぞってスクロールさせていく。子を思う親としてこれが普通なのか、大袈裟《おおげさ》なのか、それも木屋川には判然としない。

ただ、三国の中で「どうして？」というやるせない不安が渦を巻き、気持ちがかき乱されているのは見て取れた。

一枚の写真を選び、三国が「これかな」とつぶやいた。

写真の咲千夏は、タンポポのような明るい黄色のダウンジャケットを着ていた。首を傾《かし》げてピースをしていて、あどけなく、不幸と縁遠いものに見える。

三国の、肩が震えた。すぐに、顔をくしゃくしゃにして嗚咽《おえつ》を洩らし始める。顔を伏せ、呼吸に合わせて引き攣《つ》った声をあげていた。

自分に、何ができるだろうか。普通はどうするんだ？　励ましたほうがいいのかもしれないが、何と言葉をかけたらいいのか、どんな行動を取れば三国の気持ちが楽になるか、木屋川にはわからなかった。

それがわからないのは、自分が普通ではないからだ。

ポケットの中に何も持っていないような、心もとなさを覚える。木屋川は、早く普通になりたいと強く思った。今は、まさしく木偶《でく》の坊として店の隅で立っていることしかできない。

誰か、俺の代わりに三国を、咲千夏を助けてやってくれ。

その悲痛な祈りが届いたように、ドアベルが鳴り、店の扉が開いた。

「ただいまー」

6　朝比

店の扉から、咲千夏が現れた。

黄色いダウンジャケットを着ていて、けろっとしている。朝比には、咲千夏がむしろ店に大人がたくさんいることや、漂う緊張感に面食らっているように見えた。

「咲千夏！」

叫び、三国が座席から飛び上がる。両腕を伸ばして駆け寄ると、娘を抱きしめた。力強さは、苦しそうにしている咲千夏の表情からもわかる。朝比はその様子を眺めながら、心の底からほっとして、大きく息を吐いた。

「大丈夫？　どこにいたの？　こんな時間まで」と三国がいくら質問をぶつけても、咲千夏は困った顔をするだけで、はっきりと答えなかった。周りの大人からも声をかけられ、「もう十一時なの？」と不思議そうにしている。それよりも抱きしめられていることに、お母さん苦しいってば、と口を尖らせていた。

咲千夏が、助けを求めるように、目を店の扉のほうへ向けた。

「入って来てよー」

店の外、扉の前にぼんやりと人影が浮かんでいる。

ゆらりと影が揺れたかと思うと、再びドアベルが鳴った。

朝比は目をやり、息を呑《の》んだ。

それは自分だけに限った話ではない。店にいる人間が、男女関係なく、言葉を失った。

現れたのは、黒い服を着た女性だった。黒いニットに、黒いロングスカートを履いている。タイツ、パンプス、身に着けているもの全てが高級に見える。だけど、上品で説得力を持たせているのは、彼女自身が纏う雰囲気と、容姿からではないか。

間違いなく、夕方に店の外で町ですれ違ったあの女性だ。

正面に立つと身がすくむほど、彼女は気品に満ちていて美しかった。綺麗でも、可愛いらしいでもなく、「美しい」という言葉以外が朝比には思い当たらない。

美術品に目を奪われるように、目の前の女性に見入ってしまう。肩の下まで伸びた黒髪は、艶やかでさらさらとし、触れてみたいと思ってしまった。肌は、誰も足を踏み入れていない雪原のようだ。鼻筋も通り、唇が穏やかな笑みを湛《たた》えている。

両眼は自信に溢《あふ》れている。黒目が大きくて、見つめていると吸いこまれそうだった。

同じ女性、というよりも同じ人間とは思えない。

彼女の登場によって時間が静止した店内で、「お母さん」と咲千夏が声をあげた。

「このお姉さんが、危ないからって連れてきてくれたんだけど」

咲千夏を抱きしめたまま固まっていた三国が、我に返った様子で立ち上がる。けど、動転しているのか口を開けたまま声を発することができずにいた。

黒服の女性がわずかに目を細め、ゆっくりと口を開く。

「はじめまして。こんばんは」

透き通った風が吹き抜けるような、心地の良い声色だった。

「五月女《さつきめ》といいます。こちらの、咲千夏さんが一人で公園にいるのを先ほどお見かけまして、声を掛けました。こんな時間ですし、心配なのでお連れした次第です。お母さまが、こちらでお店をやっているとのことでしたので」

五月女が流麗に語り、そのまま店から出ようとしたので、三国は慌てて引き止めた。

「待ってください！　あの、ありがとうございました。わたしが咲千夏の母親です」

五月女がゆったりとした動作で振り向き、三国を見やる。芝居がかっているというわけではないのに、所作の一つ一つが華麗だ。

「咲千夏が、下校中から行方がわからなくて、みんなで探していたんです」

「そうなんですね。お役に立ててよかったです」

五月女の周りだけ、時間の流れが異なっているようだった。子供の命を危ぶんでいた、絶望一色のムードを知らないだけかもしれないけれど、落ち着き払った様子も上品だった。

何事もなかったかのように五月女が立ち去ろうとし、木屋川が声を発した。

「なあ、あんた。ちょっといいか？」無遠慮につっかかるような物言いだった。

五月女が再びゆっくり振り返る。

「咲千夏はどこの公園にいたんだ？」

どこ、と五月女が首を傾げる。

「ごめんなさい。実はこのあたりのことが、まだよくわかっていないんです」

ああ、と納得する息が数人の口から洩れた。彼女のことを、一目見たら忘れるはずがない。なのに知らないということは、そういうことだ。

「咲千夏ちゃんは、象の滑り台がある公園にいました。ベンチに一人で座っていたので、声をかけたんです」

象、ならばあそこかな、と朝比は思い浮かべる。その公園は小学校のそばにある。

象、と木屋川も口にした。

「そこは見たんだがな。子供が五人、ゲーム機で遊んでいた。それに、障害物になるようなものもない。倉庫の裏も一応見た」

訝しげな表情をする木屋川を見て、朝比はこの人はやっぱり刑事なんじゃないかなと思う。

客たち数名が目配せをする。失礼だから木屋川を止めたそうにしている人もいれば、あの公園は見たのになと不思議そうにしている人もいた。

「まあまあ、木屋川さん。時間が違ったからじゃないですか？　遊び回ってて、公園に来たところを五月女さんが見つけてくれたとか」

朝比がそう伝えると、木屋川はじっとこちらを見つめてきた。射貫《いぬ》くような鋭い目つきを向けられ、思わず背筋を正してしまう。「かもな」と返事があったので、安堵《あんど》する。

「本当にありがとうございました。お礼は必ずいたしますので」

三国が声をかけて深々と頭を下げる。それを見て、五月女は小さく首を横に振った。

「お礼なんて結構ですよ。それよりも、越してきたばかりなのでこの町のことを今度いろいろと教えていただけると嬉しいです」

にこりと、五月女が微笑む。それは見る者を喜ばせ、安心させ、拝めたことがありがたいとさえ思えるようなものだった。

「みなさん、これからよろしくお願いしますね」

五月女は、完璧な笑顔を残して、店を後にした。

7　木屋川

咲千夏が行方不明になる騒ぎが起こってから、一週間が過ぎた。

無事に発見され、事件性がないと思われている。だが、発見されるまでの間、どこにいたのかはっきり覚えていないと話しており、記憶があいまいなようだった。この町では過去にも児童が行方不明になっているし、事件性が払拭されたとは思っていない。

あれから、二つ大きな変化が起こった。

一つは、陽《ひ》の傾きを気にするように、町の住人たちが五月女のことを気にしながら過ごすようになったことだ。

「すごく綺麗な人を見たんだけど、やっぱりあの人？」「何を食べたらあんな美人になれるのかしら」「お宅にお邪魔してお茶をしたんだけどね、中もすごく素敵で」「家も綺麗だけど、あのお庭！」「お花もきれいだよね！」「ピアノを演奏してくれたんだけど、マジで鳥肌立った」

「五月女さん」「五月女さん」「五月女さん」

ペチカでの食事中や、駅のホームや電車の中でもそんな話し声が聞こえてきた。

碇のクリーニング店の前を通りかかった時、夫人がチューリップの花壇を店の前に作っていた。その理由も、

「うちも五月女さんみたいな家にしたくて」

だったくらいだ。

町に溶けこみ始めたのは、五月女だけではない。

「あ、木屋川くん」「木屋川じゃん」

雨が降る五月の割に肌寒い日、ペチカの前までやって来ると、中から三国と娘の咲千夏が出て来た。二人は自分のことを、まるで昔からの顔馴染《かおなじ》みであるような気さくさで呼びかけてくる。

「あ、ごめんね。実は、お店今日は閉めちゃうんだ」

「そうだったのか」

三国は青系のシックなワンピースを、咲千夏も子供用の小綺麗な格好をしていた。雨傘を持っているし、どこかへ出かけるのかもしれない。

「五月女さんのお宅に行くことになってて。ほら、咲千夏を見つけてくれたお礼をしていなかったから」

木屋川は、既にペチカで食事をご馳走《ちそう》になった。ビーフストロガノフなるものを初めて食べたが、これが噂に聞くコクというものかと納得するくらい美味かった。

それよりも、気になることがある。

「五月女の家に行くんだよな。俺もついて行っていいか？」

「木屋川君も？」

「邪魔はしない」

「という割には大きいよね」

咲千夏に言われ、それはそうだがと木屋川が困惑すると、三国がおかしそうにくすくすと笑った。

「五月女さんの家、結構出入りがあるみたいだし、お礼のお菓子も持ってきたから大丈夫だと思うよ」

「助かる」

「木屋川君も五月女さん狙いかあ」「そういうわけではない」

「じゃあ、お母さん狙い？」「そういうわけでもない」

三国親子がにやにやとしているが、勘違いをしているのだろう。木屋川は誤解を解く必要も感じなかったので、そのままにすることにした。

木屋川が気になっていたのは、

「さつきめ――」

という言葉だ。

先日、ホテルコーストのカジノから逃げた金山を取り立てした際に、自分の聞き間違いでなければ、金山はそう口にしていた。

金山は轟のカジノに女を連れて来た。轟がその女に興味を持ち、探している。それ自体は別にどうでもいいことだった。お盛んだな、と思うだけだ。

気になるのは、違法なカジノに来て轟が探している女が、町に溶けこんでいることだ。嗅覚が働く。轟の下で働き始めて十年だが、木屋川はそれよりも前から生き延びるために神経を尖らせてきた。なので、自分が五月女に感じた胡散臭《うさんくさ》さを疑っていない。

三人で傘を差し、坂を上り、屋敷の前で外観を眺める。板張りの外壁はオフホワイトで、見栄えの良い赤い屋根をしていた。塔屋が町の灯台のように伸びている。窓まわりには扉や装飾がほどこされ、改めて見ると町に馴染まないくらい瀟洒《しょうしゃ》だった。

引っ越してくるにあたり、業者が掃除したのだろう。外観は以前よりも綺麗になっている。雨の中でも、それははっきりとわかった。不思議なもので、あれほど「幽霊屋敷」と呼ばれていたのが嘘のように、屋敷そのものが威厳を取り戻したように見える。

三国がインターホンを押す。呼び出し音が鳴ると、すぐに扉が開いた。

木屋川は、自分だけではなく、三国親子も目を見張るのがわかった。

五月女が現れ、歓迎の意が伝わる穏やかな笑みを浮かべた。黒いロング丈のワンピースを着ているが、生地がいいのか五月女が身に着けているからなのか高級なドレスに見えた。

三国が慌てて挨拶をし、自分のことを紹介してくれた。

「ようこそ。いらっしゃるのを楽しみにしていたんですよ。中へどうぞ」

促され、門を抜け、家の中へ入る。ふわりと、甘い花の香りがした。

玄関の先は広々としたホールになっていた。壁紙は白く清潔で、ダークブラウンのフローリングは鈍い光を反射している。天井が高いと思ったら、左側には二階へと続く階段が伸びていた。

洋館はヴィクトリアン調に統一されており、調度品も時計から椅子、ソファ、カーテンに至るまで全てがアンティークで洒落ている。まるで建築当時の家を再現しているようだ。

木屋川は海外へ行ったことも飛行機に乗ったこともないが、旅行に来たような高揚を覚えていた。三国も咲千夏と一緒になって、わあ、と小さく声をあげている。

傘を掛け、スリッパに履き替え、五月女に続く。ホールから右側へ続く扉の先は、広い客間になっていた。客間の奥には外壁に沿ってサンルームがあり、外の庭が見える。晴れていたら、光に溢れてさぞ綺麗なのだろう。

「どうぞおかけになってください」

赤い絨毯の上に大きな一枚板のテーブルが置かれ、椅子が並んでいる。テーブルの上には既に、アフタヌーンティーセットのケーキスタンドが置かれていた。上には色とりどりのケーキや、サンドイッチが並んでいる。

三国がうっとりした顔をした後、はっとした様子で「すいません」と声をかける。

「先日はありがとうございました」そう言って三国が手土産を差し出す。

「つまらないものですが」と咲千夏が付け加えた。

センスを試されているのかと思っているのか、三国は緊張した面持ちをしていたが、「気を遣わせてしまってすいません。これは先月、桜木町《さくらぎちょう》にオープンしたお店のですよね」と五月女が喜ぶのを見て、頬を緩めていた。

五月女は、自分たちを出迎えてから終始笑顔を崩していない。

だが、やはり木屋川は妙だと思った。自分が五月女と会うのはこれが二度目だ。咲千夏がいなくなり、見つかった日に会ったきりだった。まだ二度目だというのに、俺と会って眉一つ動かさないものだろうか。身長が二メートル近くあり、体格も良く、目つきが悪いという自覚はある。戸惑いや、驚き、怯えを浮かべないなんてことがあるのか。

椅子に掛けて待っていると、五月女は手際良く動き、台所からティーポットを持ってきて、お茶を淹《い》れてくれた。

「お口に合えばいいのだけれど」

綺麗なロイヤルブルーの花柄が入ったカップからは、あたたかくて甘い香りが漂っている。礼を言い、口に含むと豊かな味が広がった。

喫茶店をやっている三国は当然として、普段はペットボトルの緑茶くらいしか飲まない木屋川にも、味や風味の違いを理解できた。

「美味しいです。香りがいいし、仄《ほの》かに甘くて飲みやすくて。これは、何のお茶ですか？」

「中国茶ですけど、香りや甘さは月下美人《げっかびじん》なんです」

「月下美人？」「サボテンのやつか」

「そうです。そのやつです」

ふふふ、と五月女が口元に手をやる。木屋川と三国の息が合ったようなやり取りがおかしかったのかもしれない。三国は恥ずかしそうに「すごい名前ですよね」と洩らす。

五月女が、右手の人差し指をぴんと伸ばし、くるくると回し始める。

「月下美人は、夏の夜に甘い芳香を放ちながら白くて大きな花を広げるんです。その様が仰々しい名前の由来ですね」

「へえ」

「ゲラニオール、サリチル酸ベンジル、サリチル酸メチルがたくさん含まれていて、それがこの上品な甘い香りの正体です。ツボミの時は一切香らないのに、花が開くと短い時間で強い香りを放つ、不思議な植物なんですよ。いくつか仮説はあるんですけど、まだ正確な理由はわかっていないそうです」

「詳しいんだな」感心というよりも、驚いて木屋川は口にした。

五月女が回していた指を止め、はにかんだ。

「熱くなってしまいましたね。仕事柄、というよりも植物が好きなので」

「お仕事は何をされてるんですか？」

「セラピストで、カウンセリングやアロマが専門です。そのうちにどこかでお仕事を始めると思いますので、よかったらいらしてくださいね」

五月女の話を聞いても、木屋川には具体的なイメージがわかなかった。セラピスト、アロマ、それが一体どういうものかわからない。

「と言われても、ピンときませんよね。なんでも聞いてください」

五月女が木屋川を見て微笑む。考えを見透かされたようでばつが悪く、木屋川は鼻の頭を掻《か》いた。

「不安は全部消さないと」

捉えどころのない五月女だったが、その声には奇妙な生っぽさがあった。

「不安？」木屋川が訊ねる。

五月女は、「ええ」とうなずいた。

「お二人にも、不安なことはありますよね」

何か妙なことを言い始めたぞ、と木屋川は身構える。

「お子様のこと、他人のこと、町のこと、そして自分のこと。不安は一生つきまといます。でも不安に負けると、まいってしまって健康にも悪影響です。楽しい時間や充実した人生を送るためには、不安は必要ありません。なので、不安をどう克服するのか、それを一緒に考えて、サポートするのが私の仕事です。お水や数珠《じゅず》とか、何かを売ったりすることはありませんので安心してくださいね」

営業活動としては満点の笑顔を五月女が浮かべる。

「ちょっとだけ、壺《つぼ》を買わされるかもって思っちゃいました」

「逆に不安にさせてしまいましたね」

緊張から解かれたのか、三国が指を開いてちょっとと表現しながら苦笑する。

「素敵なお宅で驚きました。わたしは子供の頃から前を通ってたんですけど、中に入ったことがなかったので」

「クラシックな雰囲気ですよね。私も用事がなくても、つい家の中をうろうろしちゃうんですよ。一人では広い家なんですけど、楽しいです。お庭の薔薇《ばら》も、もっと増やしたいんですよね」

　商店街の花屋は山手の豪邸に卸している気さくな店主だという話から、買い物をしやすい場所、おすすめの料理屋や散歩コースなどのローカルな話題へ移っていく。木屋川は、話題を差しこむタイミングがわからず、ただ茶をすすっていても埒《らち》が明かないなと口を開き、質問をぶつけることにした。

「なあ、あんたホテルコーストは知っているか？　轟という男が経営しているホテルだ」

「ええ、海のほうの別荘地帯にあるところですよね」

「行ったことは？」

「ありませんけど、それが何か？」

　ちょっと、と木屋川は三国に小突かれた。三国は戸惑いながらも、責めるような視線を向けてきている。今のは、怒られるような質問だったのだろうか。

「知り合いが、あんたに似た人を見たと言っていたからな。それで聞きたかったんだ。俺はあのホテルで働いている。だから、町の外から来た人間の感想が知りたかったんだ」

「そうなんですか。では、今度利用してみますね」

　五月女がそう言って、唇に笑みを湛えた。目が泳ぐこともなければ、眉が動くこともなかった。嘘をついているとは思えないが、身に覚えのない質問をぶつけられたのに、動揺が少なすぎるようにも見える。

「五月女さんって、前はどこにいたんですか？」

「長崎県にある、小さな島にいました。のんびりしていましたし、海も山も素敵な町で、お二人をいつかご案内したいです。日暮れ時に海岸を散歩すると、生まれ変わっていくような気持ちになれるんですよ。夜も星空がとても綺麗で、電気がいらないくらい。横浜には、と言いますかこのお屋敷は知人が紹介してくれたんです。仕事がひと区切りしたので、ちょうどいい機会でした」

知らない町に単身引っ越す。その身軽さが木屋川には羨ましく思う。

二人のやり取りを聞きながら、五月女を怪しんで三国について来たが、自分の杞憂《きゆう》だったなと思い直した。五月女が違法賭博に繋がるとは思えない。聞き間違いだったのだろう。

「今度、うちの店にも遊びに来てくださいね。お客さんもみんないい人たちで、家族みたいなんですよ」

三国がそう口にすると、五月女は「ええ、是非」とうなずいた。

家族、という言葉が木屋川の胸をかすめる。包容力のある三国、普段は穏やかな会話をしつつ困ったことがあれば助け合う人々、ペチカはとても居心地の良い空間だ。木屋川は家族という言葉を今まで嫌悪してきたが、あれが家族であるならば意外と悪くないなと思っている自分に驚いた。

木屋川が感慨に浸っていたその時、ポケットのスマートフォンが振動した。

「すまない。電話だ」

席を立ち、廊下へ移動する。通話ボタンをタップし、耳に当てた。

『ねえ、あのクソを覚えてる？』

「どのクソだよ」

『わたしのことをなめ腐ってた、広告代理店の鼻持ちならないクソ野郎よ』

「金山《かねやま》だったか」

『そう。そいつ。支配人がさ、五月女を探してるじゃん？　それであのクソに連絡取ろうとしたらさ、あいつ何してたと思う？』

「おい、ちょっと待て。今、なんて言った？」

『いや、大事なのはこれからなんだって』

「違う。轟が誰を探してるって？」

『五月女って女。こないだも話したじゃん。あ、あんたが指を潰したから、そのせいで聞き出せなかったんだからね』

俺のせいにするのは記憶の捏造《ねつぞう》だが、どうでもいい。

轟は、五月女を探している。珍しい名前だし、人違いではないだろう。

五月女は俺に嘘をついていたのか？

ピンポーン、と正解だと告げるようにインターホンが鳴った。

『ちょっと、聞いてるわけ？』

聞いていない。通話を切って、スマートフォンを胸ポケットに仕舞う。

「はい。伺《うかが》いますね」

五月女の声がして、ぱたぱたと玄関へ向かう足音が聞こえる。反射的に、木屋川は五月女を追っていた。おい、お前、俺に嘘をつきやがったな、と怒りが身体を動かす。

木屋川が到着するのと同時に、五月女が玄関の扉を開けた。

その先を見て、木屋川はぎょっとする。

まさか門を抜け、いきなり扉の前で人が待ち受けていると思っていなかった。

そこにいたのは、白髪の目立つ女だった。痩せて顔の骨が浮き出て見える。化粧はしておらず、くまと充血した目に鬼気迫る迫力があった。毛玉の目立つ灰色のセーターを羽織り、右手にはビニール傘を、左手には布製の買い物袋を握りしめている。雨音が傘を叩《たた》く音が、いやにはっきり耳に届いた。

「あなた、あの」老婦は言葉がまとまらず、喉のあたりでつっかえては戻り、を繰り返している。

「吉野さん」

三国の声が後ろから聞こえる。吉野、どこかで聞いた名前だ。

はっとする。十年前に行方不明になった少女の名前が、吉野渚ではなかったか。目の前の老婦が当時中学生だった彼女とは思えないので、おそらく親だろう。それにしても七十代以上に見え、ずいぶん老けこんでいる印象だ。

「娘は、どこ？　渚は、どこにいるの？」

目を吊《つ》り上げ、口を尖らせ、吉野渚の母親が五月女に質問をぶつけていた。どこだ、返せ、とすごんでいる。五月女は事情がわからず困惑しているようで、返答に窮していた。

「あの、吉野さん。わたしです、三国華です。渚と同級生の」と三国が声をかける。

「馬鹿にしないでよ。あなた、何言ってるの。華ちゃんは中学三年生よ」

木屋川はだんだんと状況を把握してきた。吉野渚の母親は気が触れており、娘の渚が失踪した当時にいるのだ。何故か？　娘が行方不明のままだからだ。娘の同級生たちは歳《とし》を重ねて大人になっても、吉野渚の母親にとって、娘はまだ子供のままだし、娘の帰りを待つ母親のままなのだ。

「渚の声が聞こえたのよ。お母さん、助けてって」

懸命な声には、固く揺るがぬ意志と攻撃性が籠もっている。木屋川は嫌な気配を感じ、「おい、お前」と声をかける。

それとほぼ同時に、吉野渚の母親は傘を落とし、右手をバッグの中へ突っこんだ。取り出した銀色をした鋭利なそれが、包丁だと気づくのとほぼ同時に、吉野渚の母親は「うるさい！」と叫んだ。

木屋川は完全に油断していた。吉野渚の母親が包丁を放る。包丁が回転しながら真っすぐ飛び、木屋川の胸に突き刺さった。

どん、という衝撃が身体を打ち、じわっと額に嫌な汗が浮かぶ。

「木屋川君！」三国が絶叫し、咲千夏が悲鳴をあげるのが聞こえる。

木屋川が目を泳がせていると、五月女が視界に入った。五月女はまっすぐ吉野渚の母親を見据えていた。目の前で刃傷沙汰《にんしょうざた》があったにも関わらず、動じた様子は微塵《みじん》もない。

「渚はどこ？」

「深呼吸をしましょう」

「早く返してよ」

「深呼吸を」ともう一度五月女が口にし、「しましょうか」と続ける。

医師が患者に促すというよりも、命令するような圧を感じた。吉野渚の母親はたじろぎながら、生唾を飲みこみ、大きく息をした。いつの間にか、吉野渚の母親は新たな包丁を右手に握っていた。

包丁を奪い取り、突き飛ばし、組み伏せることができるのではないか。刺されたが、動ける。三、二、一、と頭の中でカウントを取り、地面を蹴る。

が、それよりも先に五月女が動いた。

俊敏さはなく、ゆったりと歩を進め、吉野渚の母との間合いを詰めていく。

直後、目にした光景を、木屋川は一生忘れないだろうと思った。

五月女は、雨の中、刃物を持っている見知らぬ女性を相手に歩み寄り、そっと抱きしめたのだ。優しさで相手を抱擁する、そんな慈愛に充ちた行動に見えた。

その光景に対する衝撃と共に、皮膚をぴりぴりとした感覚が走る。感動で肌が粟立《あわだ》った。

「大丈夫ですよ」

そう囁《ささや》かれた吉野渚の母親が、力なく包丁を落とす。嗚咽が漏れ聞こえる。

木屋川は自分に、芸術の才能が有ればと思わずにいられなかった。音楽家であれば曲を作り、絵画が描けるならばきっと絵筆を取らずにいられなかっただろう。空は雲で覆われているが、五月女に後光が差しているようにすら思える。

まるで、宗教体験を目の当たりにしているようだった。

8　金山

金山は左手の痛みを堪《こら》えながら、自宅のパソコンを起動した。

金山が宇田《うだ》という男と知り合ったのは、友人の開いたコンパだった。いや、あれはコンパというよりもサバトのような邪悪な集まりだったと思う。男女共に五名ずつで集まり、酒を飲み、クラブへ移動する。そこで楽しくなった女性陣が酩酊《めいてい》し、意識を失う。

もちろん、お酒のせいではない。男たちが酒に薬を混ぜるからだ。

そういう趣向の集まりには、ただただ下品な奴が集まる。

女と関係を持ったことを勲章のように語りたいだけの奴、優位に立ったと思って調子に乗るだけの奴、暴力性に酔い、派手なことをして後々問題を起こす奴、金山はそれがたまらなく嫌だった。

「馬鹿だよねえ、みんなさ。やるよりも、もっと楽しいことができるのに」

宇田という男は、金山にそう語った。

宇田は若手の俳優然とした優男《やさおとこ》だ。いつも身なりが良く、清潔感のある格好をしている。彼の革靴が汚れているのを見たことがない。仕事はホテルコーストで経理をしていると話していた。金山は宇田を見て、直感的に卑しいことを隠すために着飾っているのだなと理解した。つまりは、同じ穴のむじなだな、と。

周りを見下す宇田の発言を聞き、金山はどうせただ犯すよりも乱暴なことをする、という下らないことだろうと思った。

「お前は何をするんだ？」

「僕はあえて何もしないんだ」

なんだ、と失笑する。ただのびびりじゃんか、と。

「僕以外の奴らがやることをやるだろ。でも、僕だけは女のうちの一人、女Aと親密になるんだよ。女Aは友達の話を聞いて、怒る。で、僕にも怒りをぶちまけてくる」

「面倒な女だな」

「そこで、僕は話を聞いてやる。僕も実は、あいつらとは知り合ったばかりで知らないんだよってね。一緒に男たちを訴えようって話を聞くんだ」

「おれたちを裏切るのか？」

「まさか。僕だけは信じても大丈夫だと思わせるんだよ。で、その後、二人で会ってお茶でも酒でもいい、何かを飲む。で、女Aが目が覚めたら？」

「目が覚めたら？」

「僕たちみんなで囲んでる」

その時の女Aの動揺と後悔、深い絶望に歪《ゆが》んだ顔を想像し、金山は興奮を覚えた。なんだよそれ、最高じゃんか。腹の底が疼《うず》き、むくむくと欲望がはしゃぐのがわかる。それに、宇田は口先だけの人間ではなく、実際に実行する。それが金山が宇田を一目置く理由だ。

だから、金山は彼の秘密の趣味を宇田に教えた。

盗聴だ。

女を犯すことしか考えてないような猿どもには、理解できないだろう。むしろオタクっぽいと笑うアホもいる。だが、相手の生活を、秘密を知っているのは支配しているようなものだ。性行為にまつわる音声を聞くことが目的ではない。人には見せないようなことを、おれだけが聴いて知っているのが、甘い悦《よろこ》びなのだ。

宇田は「お前は、他の奴らとは違うと思ってたんだ」と喜び、わかってくれた。

金山は他の奴らと一緒に女と襲うのをやめ、宇田と酒を飲みながらコレクションを聴くことのほうが楽しくなった。

「なあ、五月女って知っているか？」

宇田からそう訊かれたのは、二週間ほど前のことだった。金山が住む湊明町に引っ越して来た女だ。まだ会ったことはないが、幽霊屋敷と呼ばれていた坂の上の洋館に住んでいるえらい美人だということで、気にはなっていた。

「盗聴してくれないか？」

本来であれば、誰かに頼まれてやりたくはない。だが、宇田は別だった。きっと彼は、五月女の家を盗聴するだけではなく、とても面白いことをするつもりなのだろう。考えるだけで胸が躍った。

金山は、大手の広告代理店で働いている。顔もいいし、ジムでトレーニングもしているので体型も引き締まっている。話術にも長《た》けているほうなので、いつもすぐに気になる人物の家に上がりこむことができる。そして、いともたやすく盗聴機器を仕掛けていた。

五月女の家へはどう仕掛けようかとすぐに計画を立てたのだが、忍びこむのは今まで一番簡単だった。五月女の屋敷は地域の住民たちのサロンのようになっていて人の出入りが多かったからだ。紅茶の淹れ方を教わりたいという口実で訪問したら、歓迎された。

金山は自宅のパソコンで、録音データを聴く準備をする。ファイルを開き、ヘッドフォンを装着する。今日の日のために買っておいたワインも開けた。

それにしても、あの美しさは一体なんなのか。女優やアイドルなど、比じゃなかった。五月女には、高貴さがある。話をしていても、何かいかがわしいことや人に対する秘密があるとは思えなかった。

だからこそ、知りたい。隠しごとのない人間などいない。綺麗な顔をして、裏でどんなことをしているのか、どんな秘密があるのか、普段はどんな声を出すのか、考えるだけで疼きを覚える。

屋敷へ上がりこみ適当に喋《しゃべ》ってから、自分は実家が電気屋だから漏電しないか検査できると申し出たらあっさり任せてもらえた。美人だっただけに、警戒心の薄さに対して軽蔑しかけた。が、蝶《ちょう》よ花よと育てられたお嬢様なのかもしれないと思ったら不満は消えた。

盗聴装置を屋敷の各所に仕掛けてから、一週間が経《た》つ。

金山は夜になり、背筋を正し、データを確認した。しっかりと録音されている。上唇を舐《な》め、にやつきを堪える。

さあ、一体何が聴ける？　お前の裸を聴いてやるぞ。

録音データの、再生ボタンをクリックする。

流れてきたのは、がやがやとした話し声だった。出入りのある家の弊害だ。俺が聴きたいのは、商店街の中年女の音ではない。寝室のデータを開き、二十二時以降へシークバーを移動する。どうだろうか。

目を閉じ、待つ。すると、移動する気配、息遣いを感じた。いる。すぐそこに。

『ふふふ』と笑い声がする。

五月女の声だ。金山の口元が綻んだが、すぐにはっとした。

おかしい。近すぎる。コンセントの内部に仕掛けたのだから、この音はありえない。

五月女が、装置を手に持ち、眺めている姿が瞼の裏に浮かんだ。

『誰かしらね。こんなお茶目なことをするのは』

身体が凍り付いたように、動かなくなった。高校生になり、一人で家の手伝いをするようになってから始めた趣味だ。八年やっていて、ばれたのは初めてのことだった。だが、あれだけ人がいるのだから、おれだと特定はされていない。金山は自分にそう言い聞かせた。

『漏電のチェックに来てくれた時、かしら』

ばれている。口内が渇き、代わりに額や脇、体中から汗が浮かぶ。内臓を引きずり出されて晒《さら》されているような、寒気を覚えた。自分の鼓動が小さくなっていく。終わった。

『次はありませんよ』

「え」

『私のことが、気になったのよね。可愛いらしいことを』

許してもらえるのか？　警察には？

『通報はしないであげる。ただ、ちょっとだけ、罰を受けてもらおうかしら』

一体何か。罰で許されるのならば、甘んじて受け入れたい。

『右手の人差し指を、食べて』

何を言われたのか、金山にはまるでわからなかった。指を食べる？　それは比喩か何かなのか。

『自分の指を、食べなさい。そうすれば、私に許してもらえるわよ』

馬鹿な。

そう思っていたはずが、金山は唇に右手が触れていることに気が付いた。そのことに驚いたのも束の間、口が右手の人差し指を咥《くわ》えていた。舌に絡み、唾液の音が鳴る。

先日、轟の部下に左手の指を折られたばかりだし、右手の人差し指は使う機会が多い。失うわけにはいかない。当然だ。

だけど、そんなことよりも、おれは、五月女に許してもらいたい。

五月女に許してもらえなかったらと考えると怖ろしい。許してもらえなかったら、そばにいさせてもらえないだろう。許してもらえたら、あの屋敷にまた行けるかもしれないし、五月女と話をできるかもしれない。五月女の声を聞き、彼女の音をもっとちゃんと聞けるかもしれない。

五月女の秘密を知ろうなんて、もう思わない。

おれはただ、五月女のそばにいて、安心したい。

口内にはいつの間にか、血液が溢れ、鉄や銅に似た味が溢れていた。前歯が一生懸命、肉を抉《えぐ》り、骨を削ろうとガチガチと動いている。痛みに堪えきれず、顔が歪み、涙が流れる。

それでも、早く、指を食べてしまいたかった。

五月女に許してもらうために。

9　朝比

町が、変わった。

ビデオカメラを担いで回り、湊明町《そうめいちょう》を舞台に映画を撮影している朝比《あさひ》には、それがわかった。

例えば、以前は夜にコンビニの前でたむろし、お酒を飲んでいる若い人たちがいて少し怖かったけど、最近は見かけなくなった。他にも、湊明駅には駐輪場があるものの、ガードレールや標識のそばに駐輪している自転車が多かったのに、激減していた。

町に落ちているゴミも減り、その代わりに緑や彩《いろどり》が増えた。道の植えこみや公園にはいつの間にかたくさんの花が植えられ、家々の前にも主張し合うように花壇が並んで、道が華やかになっている。

アルバイト先の客に警察官がいるので聞いてみたところ、取り締まりを強化したというわけではないらしい。何もしていないのに補導や事件の数も減ったし、緑化運動は地域住民がボランティアでやっているのだと話をしていた。

その理由はきっと、五月女《さつきめ》だろう。

一ヶ月前に五月女が湊明町にやって来てから、町のみんなが少しそわそわするようになった。まるで新しい学級の新任教師の顔色を窺《うかが》っているみたいだ。結果、良い先生で、良いクラスになったのだから、朝比にとってなんの不満もない。

朝比は両親と一緒に、日曜日の朝だと言うのに町内の清掃をしていた。本当は寝ていたかったけれど、「あんたも五月女さんを見習って」と言われ、新しい町の住人が取り組んでいるのなら、と布団を出た。

当の五月女は、紫外線アレルギーがあるとのことで、町内清掃や緑化運動に参加していなかった。なんじゃそれはと思ったものの、茂《しげ》みや側溝のゴミを拾い、植物を愛《め》で、町が綺麗《きれい》になっていく様を見るのには達成感がある。

町内清掃には四十人以上が参加しており、タオルで汗を拭きながら町を綺麗にしている彼らの顔もどこか満足そうだった。

「真矢《まや》ちゃん、おはよー」「偉いねぇ、ジュースあげる」「花の色どっちがいいと思う？」

子供の頃から知っている人たちや、なんとなく知っている人たちとこうして同じことをして交流をできるのは朝比にとって楽しいことだった。誰が何をしているかわからない町は不安だろうけど、こういうところが下町のいいところだね、とオレンジジュースを飲みながら思う。

でも、わたしくらいだよ？　女子高生が町のゴミ拾いに参加するのは、と思っていたのに意外と同級生や学校の顔見知りが多くて驚いた。

「や、佑果《ゆか》ちん」

「朝比じゃん。何してんのって、そりゃゴミ拾い一択か」

「佑果ちんは、散歩がてら？」

「だね」

宮原《みやはら》佑果は朝比と高一、高二ともに同じクラスで仲が良く、お互いの顔を「愛嬌《あいきょう》がある」と評している。

そんな宮原佑果の隣には、白くて大きな犬がいた。名前はワンダ、グレートピレニーズという犬種で、レトリーバーを白くして二回り大きくしたくらいのサイズだ。多分、二足で立つと自分と同じくらいの背丈になるだろう。

口を開け、舌を覗《のぞ》かせながらワンダが宮原佑果と朝比を交互に見ている。「散歩の再開はいつですか？」とでも言いたげだった。

「掃除が終わったら、おかんが連れて帰るよ。五月女さんの家でお茶会があるらしくて」

「打算的だねえ」そう言いながら、朝比がワンダの首を掻《か》く。「そこです、そこ」と言いたげにワンダが嬉《うれ》しそうな顔をする。

「ちょうどよかった、朝比さあ、あんたん家って犬飼えない？」

「この子を？」

「なわけないっしょ。実はさ、子犬が産まれたんだよね。本当は全員飼いたいんだけど。で、安心して譲れるところを探してて」

「わたしなら安心とは慧眼《けいがん》だね」

「あんたん家は近いから、何かあったらすぐに会いに行けるじゃない？」

「それが理由かい」

　ツッコミを入れつつ、考える。両親に本気で頼みこめばダメと言われない気がするけど、わたしが世話をできるか自信がない。映画の撮影もあるし、なんせ受験生だ。犬の可愛さにうつつをぬかしていい時期なのか。

　飼い主のあてねえ、と朝比が思い巡らせていたら、向こうからちょうどいい人がやって来た。本人は百九十五、と言っていたけど、二メートルはあるんじゃないかと思う。グレートピレニーズが並んでも、縮尺が狂って見えないだろう。

「おーい、木屋川《きやかわ》さーん」

　不機嫌そうな顔の木屋川の顔が、より険しくなる。

隣の宮原佑果が緊張して、頬を引き攣《つ》らせた。木屋川は、話しかけられただけで眉間に皺《しわ》を寄せる癖をやめればいいのに、と朝比は思う。怖いから口には出せないけど。

「お出かけですか？」

「仕事だ」

「日曜なのに？」

「曜日は関係ない仕事なんだ。で、なんだ。用がないなら行くぞ」そう言いながら、木屋川がちらちらとワンダを確認している。

「あ、ちょいちょい。木屋川さんさ、犬飼えない？」

犬？　と訊《たず》ね返してきた時の木屋川の表情は、朝比が初めて見るものだった。眉間の皺がなくなっている。プールの帰りにアイスクリームを買ってもらう子供のような、そんなどこか浮わついた様子に見えた。

だけど、朝比の見間違いだったのか、瞬きする間に木屋川の表情は元に戻っていた。

「この子の子犬が産まれたらしくてさ。佑果ちん、写真ないの？」

促され、宮原佑果がスマートフォンをジーンズのポケットから取り出した。画面を向けられ、朝比と木屋川が覗きこむ。そこには、純粋無垢《むく》とはこのことでは⁉　と思える、ぬいぐるみのような白い子犬が五匹並んでいた。

「一匹、どう？」

朝比にしたら、軽い冗談というか、挨拶のつもりだった。もちろん、木屋川ならばいい飼い主になるんじゃないのか、という期待もある。けど、即答で断られるものだとばかり思っていた。

でも、これはいけるなと確信した。木屋川はそっとワンダの頭を撫《な》でており、ワンダが気持ちよさそうに目を細めている。思わず、朝比はにやにやと笑ってしまった。

見られたことに気づいて、木屋川が難しい顔をする。しかし、朝比は「ここは押し時だ」とスマートフォンのエアドロップ機能で写真を無理矢理送りつけた。

立ち去る木屋川を見送りながら、宮原佑果が眉をひそめる。

「ちょっと、今の誰よ」

「木屋川さん。店のお客さんだよ」

「あんた、妙な人と知り合いだね」

「いい人だよ。見かけは怖いけど。三国《みくに》さんとこの店で、前に生物を教えてもらったし」

「体育会系にしか見えないのに、人は見かけによらないね。あ、そう言えばさ、なんか不審者がいるらしいから、気を付けなよ。黒い革ジャンを着た人だって。五月女さんの家のそばをぐるぐる歩いたり、中を覗いたりしてたらしいよ」

五月女さんはモテそうだもんねえ、と朝比は冗談めかして言ってから、すぐに本人にしてみれば一大事だよな、と考えを改める。

でも、五月女の家には頻繁に人が出入りしているから、物騒なことは起きないだろう。まあ、わたしは関係がないし、映画の制作をがんばりますか。

この時朝比は、翌朝にその不審者と出会うとは思っていなかった。

10　木屋川

木屋川は目の前の男、金山《かねやま》が足を組み直したことに驚いた。

金山は革張りのソファに足を投げ出して座り、テレビを見ていた。ここは金山の住むマンションであるし、彼のリビングだし、どんな体勢で何をしていても本来は金山の自由だ。

だが、妙だった。つい先日、自分の左手の指を全て金槌《かなづち》で折った奴が現れたというのに、怯《おび》えた様子が微塵《みじん》もない。それに、後ろめたいことなど何もないとでも言いたげに憤然としていた。

「おれは絶対に払わないからな」

金山は、先週の金曜日にも轟《とどろき》のホテルを訪れた。愚かにも、この男はまた過ちを犯した。負けがこみ、支払いをしなかった。だけではなく、ディーラーを殴って逃げたのだ。まったく、どうかしている。指を折られても、それでもギャンブルをしたかったのか。木屋川は両親を思い出し、心底げんなりしてしまう。

「なあ、あんたも座れよ。でかいから、威圧感があるんだよな」

だろうなと木屋川は思いつつ、背広のポケットから革の手袋を取り出し、装着する。

ふと、金山の右手の異変に気が付いた。

「お前、右手はどうした？」

「自分で折ったのを忘れたのか？」

「俺がやったのは左手だ」

金山の右手の人差し指が消えていた。

「おれの指の数が、お前に関係あるのかよ」

全く関係がない。大方、ギャンブルに負けて指を詰めさせられたのだろう。

金山の想像力のなさは俺の想像力を超えている。まだ余裕のある顔をしているが、俺がどうして手袋をしたのかも考えないのだろうか。

まずはプライドを砕くために、木屋川は相手の鼻を折ることにした。

何も言葉を発さず、構えることもなく、素早く鼻の頭へ右の拳を叩《たた》きこむ。割り箸を折るような、手応えを覚える。金山が短い悲鳴をあげた。

鼻には目と関わる神経が多く、粘膜が刺激されると涙腺《るいせん》にまで信号が走る。だから、痛みと共に涙が出る。金山は涙目になりながら、鼻の下を触れる。手には血が付着しており、鼻腔《びこう》からは鼻血が流れている。鼻血の原因の九割が、キーゼルバッハ部位という場所で起ることも、血を見ると人間は本能的に不安になることも、木屋川は知っている。キーゼルバッハ部位についてはどうでもいいが、後者は重要だ。

「待て！　待ってくれ」

当然、待たない。相手の言うことをこちらは聞く意思がない、ということを教えるために同じ場所を再び殴った。鼻骨が折れ、金山の鼻が綺麗に治らなくてもそれはもう意味のないことだ。

「やめろ」やめない。「ふざけるな」ふざけてはいない。

金山の顔面が歪《ゆが》んでいた。腕でガードを試みているが、既に遅い。

木屋川は、殴りながら自分に問いかける。お前、楽しんでいないよな？　と。暴力は特技であって、趣味ではない。俺は暴力を振るうが暴力には酔わない。怒りが沸いても怒りに任せて行動をしたりしない、親のようには絶対にならない。まさに、親を反面教師として生きてきた。

俺は、あと少しで普通の人間になるのだ。

そのために、仕事をしているだけだ。

「やめてください。お願いします」

弱々しい、掠《かす》れた声が聞こえ、手を止める。見ると、手袋には血やら鼻汁やらが付着していて汚れていた。こすり合わせて拭う。

「お前には二つ選択肢がある。支払金額の四百五十万を今すぐに払えるか？」

「そんなに大金じゃなかった」

「その通りだ。放っておいたせいで増えた。夏場の黴菌《かびきん》と同じだ。あっという間に増える」

この男は料理をしたこともなさそうだなと思いながら、台所を一瞥《いちべつ》する。無駄に大きい冷蔵庫があった。中には何が入っているのだろうかと気になったが、どうせ酒だろう。

「そんな大金、急には払えない。この前、払ったばかりだろ」

「あれは、あの時の金だろうが」

「わかった、来月には、必ず」

広告代理店という仕事の月給を知らないが、口から出まかせであることは木屋川にもわかった。だが、こちらも騙《だま》すのだから、問題はない。

「わかった」と木屋川は返事をする。「信じよう」

金山は、心の底から安堵《あんど》した顔を一瞬だけ浮かべ、すぐに平静を取り戻したような顔つきになった。考えていることは手に取るようにわかる。このおれ様が破滅するわけがない、と信じているのだろう。

しかし、金山がいくら虚勢を張っても、殴られた痛みや痕は消えない。涙目で鼻をすすり、顔をしかめていた。

「お前の鼻は折れている」

「折った、の間違いだろ」

「立て。《病院》へ連れて行ってやる」

「病院?」

「骨が折れているからな」

怪訝《けげん》な顔つきで、金山が様子を窺っている。自分を殴った男がどうして病院へ連れて行こうとしているのか疑問なのだろう。罠《わな》だと思ってしかるべきだ。にも関わらず、さっとこの男はまだ楽観を続けている。

暴力を振るわれたが、それは木屋川の暴走だったのではないか。轟のカジノは、おれ様のような上客を手放したくないはずだ、と。

全部外れだが、木屋川にとって問題はない。

金山がサイドボードに置かれた財布とスマートフォンを持ち、立ち上がる。リビングのテレビでは今日もクイズ番組が流れていた。

画面の中では鳥の巣が映し出されており、二羽の鳥がいた。小さな白い親鳥と、大きな黒いひな鳥だ。黒いひな鳥が口を開けて餌をせがんでいる。この光景を見ても、木屋川は微笑ましいとは感じなかった。他のひな鳥は、黒い鳥に卵ごと外へ落とされたのだろう。

『カッコウのように他の鳥の巣に卵を産みつけて、子供を巣の持ち主に育てさせることを——』

「托卵《たくらん》だ」

「何を企《たくら》んでるんだ?」

「なんでもない」

木屋川はテレビのリモコンを操作して、画面を消す。

「忘れ物はないか?」

「お薬手帳のことか?」金山は恨めしそうな顔をしてティッシュで鼻を押さえながら、振り返ることなくリビングを後にした。

木屋川としては、情けのつもりだった。この男は勉強をして進学し、入社するまでにも、働き始めてからもそれなりに大変な思いをしてこの暮らしを手に入れたのだろう。

普通の生活がほしい木屋川としては、金山にとってこの家は特別なんじゃないかと思っていた。自分の暮らしを見る最後の機会なのだから、五秒程度なら眺めるのを待ってやる気でいた。

マンションを出て、そばの駐車場へ向かう。黒いRV車が停《と》めてある。轟から仕事用として支給されたもので、木屋川の所有物ではない。だが、メンテナンスも自分で行っているので、愛着はある。その木屋川にとっての可愛い車も、金山は値踏みするように眺め、見下した顔で中に乗りこんだ。

木屋川はRV車を運転し、提携先の《病院》へ向かう。金山は窓に頬杖《ほおづえ》をついて、窓から外を眺めていた。

「ラジオとか音楽はかけないのか？」

ここまで迷いのない奴を乗せるのも、久しぶりだった。

「かけてやる代わりに質問に答えてくれ」

左手を伸ばし、カーステレオを操作する。車内にどこかのFM局がかかり、洋楽が流れ始める。知らない曲だ。流行っているのか、一昔前のものなのかも知らない。

「どうしてディーラーを殴って逃げた。逃げ切れると思ったわけじゃないよな」

「逃げたんじゃない。帰っただけだ。おれは嵌《は》められた。八百長だったんだよ。騙されたのに、金を払う馬鹿がいるか？」

つまらない理由だった。

「おかしいと思ったことを、飲みこんで生きているから、どんどん悪い方向にいくんだ。俺は、ちゃんと正しいと思うことをした。胸を張った生き方だ」

痛みを堪《こら》えながら、固い意思の籠もった目つきを送ってくる。殴られた後の、怯えや不安は顔から消えていた。

「どうせ、女に格好をつけたかったんだろ。俺は逃げなかった、とか」

すると、金山は茹《ゆ》でタコのように顔を真っ赤にした。

「違う！　おれは正しい。五月女さんも、おれに堂々としているべきだって言ってくれたんだ」

五月女、と名前が出てきたので思い出す。そうだ、この男は五月女をホテルコーストへ連れて来たのだった。

やはり、五月女はホテルコーストのカジノに来ていた。そのことで俺に嘘《うそ》をついた。大っぴらに言えないことだから嘘をついたとも考えられるが、気になるのはあの女の嘘をつき慣れた態度だ。

「五月女っていうのは、何者だ？」

「あの人は、おれにとって特別な人だ」

そこで、言葉が途切れた。木屋川が横目で確認すると、金山が、顔を腫らしたままうっとりとした顔つきをしていた。恋、なのだろうか。

「わかった、どうでもいい」木屋川は運転に集中する。

「おれからも質問がある。さっき、お前は二つの選択肢があるって言ったよな。一つは金を払うことだった。じゃあ、もう一つは何なんだ？」

ああ、それを期待して、余裕を浮かべているわけか。木屋川が納得していると、視界の向こうに平屋が見えてきた。軒先に電気がともっている。個人の病院だが、建物は古めかしくて壁には蔦《つた》が這《は》っている。先進的な印象は全く受けない。自分だったら、困ってもここに行きたくない。

「もう一つは、すぐわかる」口にして、ウィンカーを、次いでハザードを出してＲＶ車を病院のそばで駐車する。

　あと三人、それで俺は普通になれる。

11　朝比

　スマートフォンが鳴り、「迷惑！　誰！」と朝比は布団から手を伸ばした。着信ではなく、目覚まし機能だと気づき、思い出す。迷惑なのは、昨夜の自分だった。

　布団の外は寒い。それに今は、早朝四時だ。学校へは七時半に出ればいい。ゆっくり休めばいいじゃないの。本当に出かける必要があるか、布団の中でじっくり考えたら？　だって眠いし。そんな誘惑が身体を包みこむ。

　だけど、わたしが撮らないとわたしの作品は完成しない。

　のそのそと起きて支度をする。冷たいジーンズに足を通し、Ｔシャツの上にパーカーとコートを着て、準備しておいたビデオカメラと三脚を手に取った。早朝の川辺の映像が、どうしても欲しかったからだ。

　一度家を出て撮影し、こっそり帰宅してから学校へ行く。一時間もかからないし、親にもばれないだろう。

覚悟を決め、足音を殺して廊下を抜ける。そっと玄関の扉を開けて外へ出た。

覚悟はしていたけれど、五月でも夜明け前は暗くて寒い。

人気のない夜の道を進んでいたら、朝はやってくるのだろうかと不安になってきた。

ふと、昔読んだ漫画を思い出す。

主人公の中学生男子が地球の運命を背負い、自分そっくりのロボットと一晩かけて決闘する話だ。勝手に「代闘士」という役割を与えられ、理不尽な命の危機に晒《さら》される。決闘の間は時間が停止していて、家族や大人に呼びかけても返ってこない。

誰も頼れる人がいない、一人で戦わなければいけない、そのことが子供ながらに怖ろしかった。

そんな漫画を久しぶりに思い出したせいで、心細くなる。町は暗く、劇場で始まりを待つように、しんと静まりかえっていた。電灯が夜の住人のように並び、何かが始まるのをにやにや待っているようだ。

楽しいことだけ考えよう。朝比はそう自分に言い聞かせたのに、思い浮かぶのは向こう側から誰かが現れたどうしよう？　ということだけだった。

歩調を速める。早歩き、競歩、ジョギング、ランニング、とペースが上がる。立ち止まると誰かに肩をつかまれそうな気がして、町を駆け抜けた。

だけど、交差点に到着した時に足が止まった。

信号が赤だからじゃない。違和感に肩をつかまれた。

左を向く。視線の先、坂の上の元幽霊屋敷に目が止まる。おや、と朝比は眉を上げた。屋敷の窓から光が洩《も》れている。いや、洩れるというよりも光に溢《あふ》れている、という表現のほうがしっくりくる。

あそこは確か、今は五月女が住んでいるはずだ。ずいぶん宵っ張りな人なんだなあと納得し、そのまま道を直進しようとしたけど、やっぱりおかしいともう一度目をやる。

一階と二階、全ての窓から明かりが見える。雨戸もカーテンを締めていない。

どうして？

頭の中で疑問符が生まれる。知りたい。香りに誘われるように、虫が光に飛びつくように、朝比は無性にあの家へ向かいたくなった。自分の気持ちが転がり、どんどん加速していくのがわかる。確かめたい。足が、一歩、二歩と坂道を登っていく。

「ちょっと」

肩を誰かにつかまれた。はっとし、悲鳴をあげそうになる。

「行かないほうがいい」

朝比の肩をつかんでいたのは、女の人だった。知らない人だ。意志の強そうな、切れ長の目をしている。革のライダースジャケットを着ていて、ショートカットが似合っていた。身長が高く、顔立ちも含めて自分とは違って大人っぽい。

格好いい人だなと見ていたけど、朝比は同級生の宮原佑果から聞いた話を思い出した。五月女の屋敷の周りに、最近不審者が現れている。

「おい、聞いてるか？　大丈夫かよ？」

声はハスキーだけど、案じる声色には優しさを感じた。警戒しつつも、朝比は慌てて「はい」と返事をした。「大丈夫、ですけど」

短髪女性が、ほっとしたような顔つきをしてから、すぐに表情を引き締める。

「お前、あの家に何か用があるのか？」

「別に、用ってわけじゃ。ただ、こんな時間に明かりがついてるから気になって」

「お前は蛾《が》かよ」

「せめて蝶《ちょう》って言ってくださいよ」と抗弁したが、無視される。

だけど確かに、なんだか馬鹿みたいなことをしていた。早起きをしてわざわざ家を出たというのに、日の出を過ぎてしまったら台無しではないか。

だけど、朝比にはもう一つ気になることがある。

「なんで五月女さんの家に行っちゃいけないんですか？」

「危険だから」

「どうして」質問を重ねると、短髪女性は煩わしそうに眉を歪めた。なんで、どうして、としつこく訊ねるのは子供っぽかったかなと朝比は省みる。けど、気になる。

「見ない顔ですけど、何してるんですか？　早朝ジョギングって格好じゃないですし……わかった、泥棒でしょ。仲間たちが五月女さんの家に入ってて、見張りをしてるんじゃないですか？　不審者がいるって友達から聞きましたよ」

「もしそうだったら、あたしにそういうこと言うのはまずいんじゃないのか？」

「あ」

あんたはわたしに似て思ったことをすぐに言っちゃうよねぇ、という母の言葉を思い出す。正直で得をするのは昔話だけで、実際は命取りじゃないか。

朝比がじりじり後退する。息を吸い、口を大きく開けて叫ぶ準備をする。

「ちょっと待てよ。あたしは違う。ああもう、面倒臭いな」

「あなた、一体なんなんですか？」

「話せば長くなる」

短髪女性は、夏目《なつめ》茉莉《まつり》と名乗った。年は十九で、朝比の二つ上。二つしか違わないのに、そんなに大人びているのか、と朝比は口にしないけど驚いた。

朝比と夏目は場所を移し、当初の目的地だった河川敷にやって来た。のんびりとした流れの川が、弧を描くように伸びている。その川に沿って生まれたゆるい傾斜に三脚を組み立てて、地面と並行になるようにビデオカメラを乗せた。太陽はまだ現れていない。セーフ。

「何してんの？」

「見ての通り、撮影ですよ。わたし、高校の部活で映画を撮ってるんで」

「こんな朝早くから？」

「夜明け前の、いい感じの画がほしいんですよ。マジックアワーって言うんですけどね」

「夜明け前はブルーアワーだよ。日の出後がマジックアワー」

「でしたっけね」えへへ、と朝比が頬を掻く。格好いいし、夏目はカメラとかをやっているのかしら、と目をやる。

朝比の考えを見透かすように、「知り合いが、映画好きで教わったんだよ」と夏目は口にした。

「それで、夏目さんは夜明け前にあんな場所で何をしてたんですか？」

「私は仕事で」「代闘士ですか？」「だい？」「なんでもないです」

「興信所で働いてるんだけど、興信所ってわかる？」

「探偵ってことですか！　すごい！　初めて見ました」

夏目は、はしゃぐ朝比に顔をしかめる。朝比にとって「探偵」は「賞金稼ぎ」と同じくらい格好いいものだった。事務所のソファで眠り、濃いコーヒーを飲みながら、訳アリの依頼人たちの話を聞く。そういう探偵だ。

「何考えてるかわからないけど、朝比が想像しているようなものじゃないぞ。浮気調査か人探しがメインだから」

「じゃあ、この町でも浮気調査を？」

「いや、人探しのほう。この人に見覚えは？」

そう言って、夏目がボディバッグから手帳を取り出し、中から一枚の写真を抜いた。向けられ、朝比が確認する。

写真に写っていたのは少女だった。肩の下あたりまでさらりとした髪が伸び、白いワンピースに掛かっている。つんと鼻が上を向いていて、白い歯を見せつけるように笑顔を浮かべていた。若々しくて、自信に溢れて見える。

「芸能人ですか？」

「なんで？」

「かしこまってるし、宣材写真ですかね」

「いい観察眼だね」

探偵に褒められちゃった、と朝比の頬が緩む。映画監督兼探偵助手というのも悪くないかもしれない。何か知ってはいけないものを見て失踪した将来有望のモデル、そんな妄想が膨らんでいく。

「単刀直入に言うと、あの屋敷の住人が、この写真の水野《みずの》原美樹《はらみき》の失踪に関係していると思ってる」

「五月女さん？」

「って今は名乗ってるみたいだね」

「違うんですか？」

「以前は四木《しき》と名乗っていた。あいつの本当の名前はわからない」

「身分の嘘をついてるってことですか？」

「それよりも、もっとまずいことがある」

夏目の声は、昇り始めた太陽を押し戻しそうなほど沈痛だった。

「このままだと、大勢の人が死ぬ」

12　木屋川

「おー、木屋川君、おはよう」

植えこみのそばで花の手入れをしている碇《いかり》から挨拶をされた。

今までの人生で、木屋川は煙たい目で見られることはあっても、町で誰かから挨拶をされることはなかった。

咲千夏《せちか》が行方不明になり、探し回ったことをきっかけに、地域の人々と交流を持つようになり、ペチカで朝比に勉強を教えたこともある。この俺が、だ。

木屋川にとっては、「おはよう」もただの挨拶ではない。チームメイトが手を叩き合うような、「認めている」という合図に思える。それほど嬉しいことだった。

しかし、自分が笑顔になると気味が悪いので、「よお」と右手をあげるだけの返事をした。

「木屋川君も、たまには身体を動かすといいよ」

平日の朝から植えこみの手入れや町内の清掃活動とは熱心だな、と驚く。

「最近は週に四回、月水金と日曜日にやっているんだ。自分の暮らしている町が綺麗になるのは、気分がいいね」

植えこみの手入れや町の清掃活動をする自分を想像する。そういうことでも、いつかきちんと参加したいものだな、と感じた。が、話をしながら、おや、と思うことがあった。

「そこに植えていたのは、チューリップじゃなかったか？」

「ああ、家内がやってたね。でも、五月女さんはチューリップよりも薔薇《ばら》が好きなんだ。だから、植え替えたんだよ。綺麗だろう？」

「それは五月女に命令されたのか？」

「命令って」と目を見張り、「まさか」とおかしそうに碇が笑う。

店の前に並んでいる花壇を見やる。そこには薔薇がしれっとした顔で並んでいた。どことなく、禍々《まがまが》しささえ感じるほど濃い赤色をしている。植えていた白いチューリップはどうしたのか？　気になったが、訊ねる気にはなれなかった。

「そういえば、木屋川君は自警団の話って聞いているかい？」

「自警団？」

「一ヶ月前に、三国さんのところの咲千夏ちゃんが行方不明になったでしょ？　何事もなく見つかったけど、子供たちが何か事件に巻きこまれるかもしれない。だから、町を見回りする自警団ができたんだ」

「大袈裟《おおげさ》だな」

大袈裟だよね、そんな相槌《あいづち》が返ってくるかと思ったが、碇は目を剝《む》いた。

「何を言ってるんだ！　何かがあってからでは遅いでしょうが！」

炎でも吐き出すんじゃないかという勢いで一喝され、木屋川は驚いた。弁解を口にしようと思ったものの、面倒臭くて口をつぐむ。碇がぶつぶつと何かを言っているので、急いでいるからと過ぎ去ろうとした時、ある人物を見かけてぎょっとした。

明るいオレンジのウィンドブレーカーを羽織り、首にはタオルを巻いている。白髪が目立つものの、周りの参加者と話をしながらゴミを袋に放っている彼女からは、以前とは全く異なる印象を受ける。若さや活気、生命力のようなものまで感じた。

「おい、あそこにいるのって」

碇が振り返り、「ああ」と洩らす。

「吉野《よしの》さんだよ。最近は熱心に参加してくれていてね。娘さんが……木屋川君も知っているだろ」

「ああ、それは」もちろん。

だが、知っているのは先日の包丁を持って現れた老婦のような姿だ。一体何があったのかと困惑する。

「渚《なぎさ》ちゃんのこともあったんだから、自警団は決して大袈裟なことじゃあないんだ」

生返事をしながらじっと見ていると、視線を感じたのか、吉野渚の母親と目が合った。

彼女は薄い笑みを浮かべて会釈をしてきた。

どうしてそんな風に笑えるのだろうか。

何故か、木屋川は先に目を逸《そ》らしてしまった。


ペチカに伊森《いもり》と来たことは初めてで、「ふうん、ここが木屋川のお気に入りの店なわけね」と店内をきょろきょろと見回された時、くすぐったいような妙な居心地の悪さを覚えた。伊森を自分の通っている店へ連れて行くのは、自分の部屋へ上がりこまれているような恥ずかしさがある。だが、どこか誇らしい気持ちにもなった。

「木屋川君、すっかり常連だよね」カウンターの奥で三国が声をかける。

「隣の客はよく来る客ってわけだね」と伊森が木屋川を見て笑う。

「早口言葉みたいなことを言うな」木屋川が顔をしかめる。

「そんな怖い顔で照れないでよ。今日は快復祝いでおごってあげるからさ」

「一センチも怪我はしてないがな」

「あんたって、本当に運が良いよねえ」そう言って伊森がメニューを開く。

吉野渚の母親が投げた包丁は、木屋川の胸に、正確には内ポケットに仕舞っていたスマートフォンに刺さった。先端がわずかに胸に届いたものの、ひっかき傷程度の怪我で済んだ。本来であれば、死んでいてもおかしくはない。自分には本当に運があるのかもしれないなと木屋川は思ったが、運があるならばそもそも包丁で刺されないなとかぶりを振る。

「どれが美味しいの？」

「コーヒーとナポリタンしか頼まないから、わからん」

「いろいろ試せばいいのに。普通の練習をしてるんじゃなかったの？」

「選択肢が多いと、困るんだ」

今まで、やれと言われた仕事をして生きてきた。食事の指示をされたことはないが、借金の返済を考えて安いものしか食べていない。メニューの中でも安くて量があるものを選ぶのが木屋川の決め方だ。

「普通の練習？」カウンターの奥にいる三国が訊ねてくる。

「木屋川って、今まで仕事一筋だったんだけど、辞めるって言ってて。で、仕事辞めたらどうすればいいかなってぐじぐじしてんのよ」

「ぐじぐじはしてない」

「それを、あんたから学んでいるらしいよ」

「わたし？」三国が首を傾《かし》げる。

「普通に笑顔を作るのが上手いからな」

「今のは褒められてるの？」三国が更に首を傾げる。

「真面目な話をすると、あんたやこの店のおかげで、俺はだいぶ普通が何かわかってきた」

「普通はそんなこと言わないけどね」

三国が苦笑し、木屋川は普通は難しいなと感じた。

「あんたさ、本当に辞めるの？」

「当たり前だ。俺はもともと、ホテルで働きたかったわけじゃない」

「もったいないね。あんたは向いてると思ってたんだけど。普通、あんたの仕事はみんなやりたがらない」

「俺だってやりたくてやってきたわけじゃない」

「でも、別に絶対嫌だっていうわけじゃなかったでしょう」

そばに三国が、ボックス席には朝比と革のライダースジャケットを着た少女がいるからか、伊森が言葉を選んでいる。木屋川の仕事、それはつまり、脅迫をしたり、暴力を振るったり、人間の命を奪うようなことだ。

「俺は、通りかかっている時に窓の外からこの店を見て、羨ましいなと思っていたんだ」

「なんで？」「どうして」三国と伊森が声を重ねる。

「ある日、男の客が三国や他の客たちと笑いながらコーヒーを飲んでいるのが見えた。そいつが、とても幸せそうだったんだ。俺は、あんな風に笑えたことがない。そう思ったら、自分の人生に引け目を感じた。それで、羨ましくなった」

「人に囲まれた食事、か。あんた家族いないもんね」

伊森がそう言って、物憂げに息を吐いた。

そうか、俺は誰かと笑いながら話をし、食事をしたかったのか。

食事と家族。自分が憧れているものを的確に言い当てられ、木屋川は恥ずかしさも覚えたが、伊森の鋭さに感心した。カップに手を伸ばし、コーヒーを口に含む。昔は苦いと思っていたのに、今は美味いと感じる。

「そらまあ、憧れるわな。ま、引き止めるように頼まれたりとかしたわけじゃないから安心してよ。ちょっと心配になってるだけ」そう口にしてから、「違うね、きっと」と伊森は首を横に振った。

「わたしがきっと、もう無理だからさ、それであんたも無理だと思ってんだろうね。傷ついてほしくなかったのかも。応援してるよ」

伊森は二十九で、木屋川よりも七つ年上だ。木屋川にとっては上司であり、あまり頼ったことはないが、いるだけでありがたいと思っていた。

自分が辞めればきっと伊森と関わる機会もなくなるだろう。そう考えると、少しだけ寂しくなるのかもしれないなとも思う。

だが、俺は変われる。普通の店にも入れるようになったし、人のいない時を見計らわなくても他の客たちが受け入れて挨拶をしてくれるようにもなった。馴染《なじ》みの店に、親しい人間を案内することもできた。大丈夫だ。俺は、普通へ行ける。

「俺は仕事を辞めたら、犬とこの町で暮らす。ずっと海のそばに住みたいと思っていたが、俺はこの町と、知り合った連中のことを気に入っているみたいなんだ」

「できるよ、あんたなら」

伊森がぽんと、木屋川の肩を叩く。

「二人の会社ってブラック企業なの？」

三国がカウンターの向こうで、困ったような顔をして笑っている。

「どブラックだよ。人は少ないしきついし、お金もよくないしね。ねえ、三国さんはどうしてこの店をやってるの？」

「わたし？　そうね、ここは親の店なんだけど、ずっと継ぎたいなって思ってたんだよね。町のみんなは家族だからさ。美味しいもの食べて、元気でいてもらいたくて」

芯が強くて周りに対する思いやりがあり、三国らしい回答だった。自分が普通になったら、一体何をしようか。どんな仕事をするのかは、普通何歳の時に考えるのだろうか。

「二人はどうして今の仕事を？」と三国が訊ねてくる気配を察知し、木屋川は「そう言えば」と話題を変える。

「さっき、町内清掃をしている碇に会ったんだが、自警団っていうのは普通なのか？」

話題にすぐ反応を示したのは、ボックス席にいる朝比だった。

「なになに、なんの話？」

もう八時を過ぎているというのに朝比は学校へ行かず、コーヒーを飲んでいる。

向かいの席に座っている女は卒業した先輩で、近所に来たからペチカへ案内しにきた、朝比がそう三国に説明するのが聞こえていた。朝比の先輩は無口で表情が硬く、警戒している猫のようだ。

「碇から自警団に入らないかと話を受けたんだ。なんなんだ、自警団ってのは」

「見回りして、子供に早く家に帰ったほうがいいよって言ったり、不審者がいないか見回りをしたりとかするんじゃないかな。でもまあ、悪い話ではないと思うよ」

俺と伊森、不審者が二人も店に入っているのに騒ぎにならないのだから、自警団なんてたかが知れているのではないか。

「あと、そうだ。町内清掃に参加している吉野渚の母親を見たんだが――」

「あんたの、例の？」

伊森がにやにやしながら包丁で刺すジェスチャーをし、木屋川は顔をしかめた。

「その吉野渚の母親が元気そうだったんだ」

三国が怪訝な顔をして固まる。五月女の屋敷で、包丁を持ってやって来た吉野渚の母親を見たのだから、当然だろう。

吉野渚の母親が、町内活動に積極的に参加している。だけではなく、木屋川にはあの穏やかな笑顔がどうにも気になった。鏡で真似をしても、きっと自分はあんな風に笑えないだろう。

コーヒーカップを口に運びながら思案していると、三国が黙りこんでいることが気になった。口元に手をやり、どこか青褪《あおざ》めた顔をしている。

「どうした」と木屋川が呼びかけると、我に返ったという様子で瞬きをした。

三国が、話そうか話すまいか躊躇《ちゅうちょ》するような間を置いて、ゆっくり口を開く。

「お客さんからも、最近吉野さんの顔色が良くて、元気になったって聞いたんだよね。で、その理由がちょっと……」

言い淀《よど》み、足元に不安が漂い始める。「ちょっと？」

「渚とお話ができた。そう言ってたらしいの」

「吉野渚は見つかったのか？」

「ううん。それに、多分もう……」

どう思うか？　と木屋川は伊森に目をやると、伊森はまるで興味がなさそうに、出されたホットサンドを美味そうに頬張っていた。

まあ、精神が不安定な女がいることは、俺にとってもどうでもいいことだ。木屋川の頭の中は、次の機会にホットサンドを注文してみようか、という思考に切り替わっていた。

13　朝比

行方不明の少女の名前は水野原美樹、長崎県の世暮島《せぼじま》という小さな島で育った。

水野原美樹の父親は地元の建設業者を経営し、母親は小学校の教師をしていた。快活なのは父親譲りで、物怖《ものお》じしないのは母親譲りだった。だけど、周りを気に掛ける優しさは彼女自身の特性だ。

自分の周りに人がいることが多いと気づくと、そのことを鼻にかけるのではなく、人の輪を大切にし、物静かな生徒にも鬱陶しがられない程度のコミュニケーションを心掛けていた。それくらい、優しい子供だった。

水野原美樹は子供の頃から家族で映画館で行くことが多く、映画の世界に、俳優に憧れを持った。高校の演劇部に所属しており、将来は役者になりたいと強く考えていた。

高校三年の秋になり、東京でオーディションも受け、芸能事務所への所属が決まる。学業も疎《おろそ》かにしておらず、東京の有名私立大学への推薦入学も決まっていたことが、両親への説得材料だったのだろう。父親は寂しさもあるが、娘の活躍を観《み》ることを楽しみにしていた。

銀幕デビューも決まり、いよいよという時、世暮島で事件が起こった。

蒸し暑い夏の夜、漁師が海岸で死体を見つけた。

傷跡が目立つ、誰が見ても殺されたのだとわかる遺体だった。その少年は一週間行方不明になっており、島民たちが連日連夜探していた。なので、遺体の発見は衝撃だった。

狭い島に、殺人犯がいる。

一体誰が、年端も行かぬ少年を手にかけたのか。そんな残酷な奴は誰なのか、次は何をするつもりなのか。島民の猜疑心《さいぎしん》が、火のついた導火線を辿《たど》るよりも早く島中を駆け巡る。

それをきっかけに世暮島のあちこちで暴動が起こり、一晩で六十三名が死亡した。

大勢の人が亡くなったが、未だに水野原美樹の遺体は発見されていない。

「どうしてそんな事件が起こったのか？　いや、なんでみんなが正気を失ったのか、それは今となってはわからない。だけど、一つだけ確かなことがある。島がおかしくなる前、四木と名乗る人間が町外れの家に引っ越してきたんだ。ぞっとするほど綺麗な人で、四木が来てから島がおかしくなった。あの騒動の後、四木は水野原美樹と共に島から消えた。

そしておそらく、今はあの屋敷で五月女と名乗っている」

河川敷で朝焼けを眺めながら、夏目は朝比にそう語った。

朝比は、そんな「津山《つやま》三十人殺し」のような事件を聞いたことがない。だけど、焼野原を前にするような空《むな》しさや寂しさ、憤りのようなものを顔に浮かべている夏目が、嘘をついているとは思えなかった。

「だから気を付けて。おとなしく過ごしてくれ」そう言って立ち去ろうとする夏目を引き留めた。

「朝ご飯、食べません？」


ペチカへ移動し、奥のボックス席に二人で腰かける。誰が来ても、何を話しているのかばれないようにするためだ。夏目はコールスローとコンビーフのホットサンドを食べ、合間にコーヒーを口に運んでいる。

朝比は当初、自分はコーヒーだけでいいやと思っていたけど、夏目の食事を見ていたら口の中に涎《よだれ》が沸いた。よほど、物欲しげに見つめてしまっていたのか「半分やるよ」と夏目に言われ、最初は遠慮したものの、「いいから」と促され、ありがたくいただいた。

ゆで卵の甘味とコンビーフの塩気、たっぷり入ったキャベツのシャキシャキとした食感が賑《にぎ》やかで、食欲が満たされていく。

そんな朝比を見て、夏目がやっと頬を緩めた。

ミルクと砂糖をどばっと入れたコーヒーを口に運びながら、「さっきの話ですけど」と朝比が口を開く。

「夏目さんは興信所の探偵さんで、依頼を受けて水野原さんを探しているんですよね。で、五月女さんがその島から水野原さんを連れて来ているとか、匿《かくま》っているとか、そういう風に考えているんですか？」

「そうだよ。見つかってないってことは、どこかで生きている可能性がある。芸能人になれるくらいの容姿を持った女子高生が行方不明なんだ。連れて行かれたのかもしれない」

「ちょっと考えすぎじゃないですか？」

重々しい口振りや雰囲気が気になり、朝比は夏目を引き留めた。取材をしたいという下心がなかったと言えば嘘になる。それでも、夏目が口から出まかせを言っているとは思えなかった。

わたしを騙しているのだとしても、自分に利用価値があるとは思えないし、特別な要求もされなかった。こうして食事をわけてくれているし、いい人なのではないか。だとしたら、言っていることは本当なのではないか。

朝比が分けてもらったホットサンドをコーヒーで流しこむ。夏目はそれを確認するように目で追い、口を開いた。

「朝比、あんた何歳だっけ？」

「高三ですよ。まだ十七歳ですけど」

「若い女が好きな奴もいる。アダルトビデオで女子高生の格好をしている女が好きな奴も、十七歳十六歳、八歳や五歳が好きな奴もいる。好きなだけなら、まあいい。だけど、欲望の捌《は》け口として利用するクズは絶対に許されない。だけどな、ひっくり返すと世界は汚いクズだらけなんだよ」

朝比の身体がぶるっと震える。足の多い虫が足元で這うような怖気《おぞけ》を感じた。

夏目が黒々としたコーヒーから顔を上げる。切れ長の目が僅かに見開いている。黒い瞳が、深い洞《うろ》のようだった。暗澹《あんたん》とし、底が見えず、悲しみの深さもわからない。そういうことを目が物語っている。

女性の悲鳴が、子供の悲鳴が、響いてくるようだ。

写真の水野原美樹の怯え切った顔が思い浮かぶ。彼女のそばに、背広を着た男たちがいる。女もいる。水野原はふらふらとした足取りで、出口を探すようにがむしゃらに走る。だけど、すぐに誰かの腕が伸びて彼女をつかまえる。一本、二本、数多の腕が水野原の足に、肩に腕に、顔や口に絡んでいく。水野原美樹が、暗闇の底へ沈められていく。

最後には、悲鳴さえも聞こえなくなる。

「おい、大丈夫か？」夏目の声に、朝比は我に返った。

ひどい想像だった。だけど、現実はもっと怖ろしいことが起きるのだろう。胸騒ぎに驚くように、心臓がばくんばくんと跳ねている。

「水野原美樹は子供が自転車の前に飛び出した時、自分が大怪我をしたのに、その子の心配をした。そんなに優しい人でも、理不尽に、事件に巻きこまれるんだ」

「はい」

「怖がらせて悪かったけど、あんな外が真っ暗な時間に、一人でうろうろしてたあんたのことも、感心しないよ」

それは撮影のためで、という弁解もできるけど、「ごめんなさい」と朝比は素直に謝った。

「夏目さんは、これからどうするんですか？」

「五月女のことを調べる。四木と同じ人間かどうか、確かめないといけないからな」

「わたしは一度しか会ったことないんですけど、美人で優しくて、ウィットとかユーモアとかエスプリとか？　なんかそういう話し上手の聞き上手らしいですよ」

「家に人がよく集まってる」

「ええ」

「きっかけは、そうだな、目立つようなことだ。火事を防いだとか、子供を助けたとか」

「ああ」五月女は、行方不明の咲千夏を見つけた。

「近所の人がお茶や世間話をするために集まるようになって、人の出入りがある地域のサロンみたいにして、自宅でカウンセリングやアロマを始める」

「ええっと」

「でも何故か、太陽の下で彼女を見た人はいない」

「そんなこと……」と朝比は口にしながら思い返す。そう言えば、五月女と思しき人をアルバイト先の外で見た。だけど、あの時は曇りで太陽はなかったし、五月女は日傘を差していた。「ないと思いますけど」

「町の住人の活動、例えば緑化運動をして町の中にたくさん花を植えるようになったり、子供を預かる託児所みたいなボランティアをしたり、あとは夜回りとか自警団みたいなことを始めたりするようになった」

「町を綺麗にする活動は、最近みんな熱心にやってる気がしますけど」

朝比は、自分の住む町を悪く言われているような気がしてきて、むっとして言い返す。だけど、直後に「自警団」という言葉が聞こえてきた。カウンターのほうからだ。

カウンター席には木屋川と初めて見る女の人が座っていた。童顔だけど気の強そうな顔をした、びしっと決まった黒いパンツスーツを着ていて格好の良い人だ。

「なになに、なんの話？」朝比が声を飛ばす。

「碇から自警団に入らないかと話を受けたんだ。なんなんだ、自警団ってのは」

「見回りして、子供に早く家に帰ったほうがいいよって言ったり、不審者がいないか見回りをしたりとかするんじゃないかな。でもまあ、悪い話ではないと思うよ」

朝比には自分の知っている町の人々に、犯罪を見抜く力があるとは思えなかった。まさかあの人が、と驚きながらインタビューに答えているほうが想像できる。

大袈裟なのはどっちなんだろうか。

夏目が話した通りになっているけど、四木と五月女は本当に同一人物なのだろうか。

おとなしくしていろと言われたけど、ここは自分の住む町だ。部外者じゃない。それに朝比はこの町が好きだった。大人と子供が挨拶をするこの町が、商店街の活気が、河川敷で遊ぶ子供たちが、バス停にベンチを置いている感じとかが好きだった。

「五月女はあんたの手に負える相手じゃない。だから、余計なことはするんじゃないよ」

「でも」

「あいつは人間じゃない」

どういうことか、と朝比は困惑する。

「魔女だ」

14　木屋川

木屋川にとってのささやかな幸福は、散歩中の犬とすれ違うことだった。

子供の頃、アルコールの匂いが漂う家に帰りたくないので、放課後はふらふらと出歩いて過ごしていた。今思えば、図書館や地域センターにいればよかったのだが、誰かに連れて来てもらうことがなかったので、存在を知らなかった。飲んだくれの両親が活字を読めるとは思えないし、友人もいなかったのだから仕方がないことだ。

外をふらついている時、唯一友好的に接してくれたのが、誰かが連れている散歩中の犬だった。自分を見て、尻尾を振り、たまに撫でさせてくれた。

犬の散歩は大体がルーティーンなので、決まった時間に決まった場所、それこそ公園にでもいれば見ることができるが、待ち構えることはしない。飼い主に警戒されるだろうし、そうなればもう犬を眺めることすらできなくなってしまう。

先日、朝比の同級生が連れていたグレートピレニーズを思い出す。白い艶のある毛並みや、どっしりとした大きな体躯《たいく》、精悍《せいかん》な顔つきは勇ましいのに愛嬌があった。撫でたときのグレートピレニーズの気持ちの良さそうな顔と、毛並みの感触が忘れられない。

いつか、犬と暮らす。

その願いも、もうすぐ叶《かな》う。

木屋川は、スマートフォンをポケットから取り出し、朝比から送られてきた犬の画像を眺めた。仕事以外のやり取りは、木屋川にとって初めてのことだ。

画面の中に、愛くるしい顔、柔らかそうな白い体をした子犬が映っている。毛玉みたいだ。育つと大きい犬になると教わり、嬉しく思った。名前は――

「やあ、木屋川。何にやにやしてんの。気味が悪いなあ。あんたも生きてて嬉しいなとか思うことってあるわけ？」

思い出して嚙《か》み締めていたのに、台無しになった。木屋川はスマートフォンをポケットにしまい、溜《た》め息《いき》を吐き出す。

ホテルコーストへと続く坂を下りて来たのは、宇田《うだ》という男だ。手には煙草とジッポのオイルライターを持ち、顔にはにやついた笑みを浮かべている。溜め息の理由は歩き煙草ではない。

伊森と同様に、体型に合った仕立ての良いスーツを着ている。轟に近しい役職にいる証拠だ。木屋川より年上なのに若々しく、皺も染みも白髪もない。白い歯を覗かせていた。苦労なんてしたことがないというような顔で、革靴と腕時計が偉そうに光沢を放っている。

木屋川は、以前《病院》へ運んだ金山という男のことを思い出し、宇田と比べる。身なりが良く、偉そうなところは共通しているし、違法なことをして悦に浸っているという点でも、金山と宇田は同じだ。

だが、俺は宇田ほど腐っている人間を知らない。

宇田は、嘘で着飾って弱者を騙し、暴力をふるい、欲望を満たすために生きている。

毎朝ジョギングをする高校球児がいた。小学校の頃から父親と公園で野球の練習をし、親の期待を背負って甲子園の出場と野球選手になる夢を持って生きていた。宇田は、学校帰りのその青年を歩道橋の階段から突き落としてやったのだと言う。何故か？　家族の夢を壊すのが愉快だからだ。

また別の日、宇田は気まぐれに駅前で宗教勧誘を受けてみた。落ちこんでいる振りをして、熱心に話を聞いてやった。その中の一人、ピンク色のコートを着た世間知らずそうな若い女に目を付けた。健気でか弱い兎《うさぎ》に見えたそうだ。便利に使っている人間に彼女のことを調べさせ、住所や行動範囲を突き止めると、宅配便を装って家に押し入った。「神さま助けてって言ってみたら」と挑発をし、信仰心と人生を踏みにじった。何故か？　ぞくぞくするからだ。

本当か嘘か知らないが、低俗で下劣だ。それに、多少の嘘を混ぜていたとしても、こいつは似たようなことを絶対にしている。宇田とはそういう男だ。

「おーい、無視するなよ。脳みそがなくても、耳はついてるよね？」

宇田が自分の耳を引っ張る。優男《やさおとこ》じみた外見で、よくそんな小学生でもやらないポーズをできるものだ。木屋川は当然無視をして坂を上がり、ホテルコーストを目指す。

「無視したら偉いとかって思ってる？　世間から無視されてるお前が？　おーいおーい」

蝿《はえ》の羽音のように耳障りだった。辟易《へきえき》とする。どうして付きまとわれるのか、思い当たることはあった。

先日木屋川は、塾帰りと思《おぼ》しき小学生男子と宇田が、横浜《よこはま》駅西口の寂れた路地にいるのを見かけた。財布を覗く宇田と涙目の少年、少年の頬は打《ぶ》たれたのか赤く腫れていた。

木屋川はすぐに状況を把握した。金が目的ではなく、宇田は少年の人生を踏みつけるのを楽しんでいるのだ。

子供相手に何してやがる、と木屋川の怒りに火がついた。

宇田を殴り、少年を解放した。その一件で宇田の鼻が少し曲がったことを、根に持っているのだろう。

さっと視線を走らせる。見通しの良い場所だが、人通りはない。

鼻を曲げてしまった責任を取り、もう一発殴って戻してやろう。

木屋川が振り返り、素早く宇田の胸ぐらをつかむ。右の拳を顔面に向けて伸ばした。

「僕は支配人の仕事を受けた」

宇田の鼻を折るまで、あと一、二センチのところで、木屋川の手が止まる。宇田は胸ぐらをつかまれたまま、粘つくような嫌らしい笑みを浮かべている。轟の仕事を受けた後、俺のせいで仕事を失敗したと喚かれたら面倒だ。

「ごめんなさいは？　中学校じゃ習わなかったのかな？　あ、行ってないんだっけ？」

木屋川は、こめかみが痙攣《けいれん》するのを自覚する。中学校もまともに行けなかった木屋川と違って、宇田は有名私立大学の法学部を卒業している。高校ではオーストラリアに、大学ではニューヨークに留学もしたらしい。どうせ器用なだけで真面目な学生であったはずがない。だが、そのことを考えると余計に自身の生まれが恨めしくなる。

木屋川は「理性的であれ」と自分に言い聞かせ、宇田を離した。

「何の用だ。お前も俺に殴られるために話しかけてきたわけじゃないんだろ」

「木屋川さ、金山を《病院》送りにしたって聞いたけど、本当？」

「ああ」

「金山の口から、五月女っていう女のこと何か聞いてない？」

ある。だが、当然教えるわけがない。「ないな」

宇田は疑り深く様子を窺っていたが、「あ、そ」と吐き捨てると立ち去った。何か知っていると気づいたかもしれない。金山とその五月女なる人物に繋《つな》がりがあったということだけわかればよかったのだろう。


轟は、ホテルコーストの一階にある高級レストランで食事をしていた。客のいる広いホールではなく、奥にある個室だ。大きな壺《つぼ》やら仰々しい花やらが威厳を主張している。格式の違いをわからせるように、この部屋の絨毯《じゅうたん》は柔らかい。

轟は木製の肘掛椅子に座っていた。鴨肉《かもにく》をフォークで口に運び、肉を、血を、味わい尽くすように噛み続けている。木屋川が想像している倍は値段がするだろうに、轟は無表情のままだった。高い金を払うのだから、不味くては困るとでも思っているのだろうか。

「あれは、極上の女だ」

宇田に出くわし、五月女という人物について訊ねられたことや伊森に探させていたようだが、一体何者なのかと轟に質問をぶつけたところ、返事がこの最低なものだった。

轟は分厚い眼鏡をかけ、欲深そうな大きな目がぎょろついている。酒を飲むし、運動不足なのだろう、腹も出ている。木屋川は生きている人間のことを、「極上の女」と呼ぶセンスや神経を疑った。自分以外の全てを物としか見ていないからこそ、きっと轟は地位や金を得ているのだろうなとも思う。ホテル業ではない部下にも自分のことを「支配人」と呼ばせるのも、趣味が悪い。

この男さえいなければ、俺は自由になれる。

木屋川は、目の前にいる神経質そうな中年男の顔面を殴って鼻を折ることも、飛び掛って首の骨を折ることも、ナイフで動脈を切ることもできる。が、そんなことをしようものなら、後ろ暗い仕事をしている連中に追われて多勢に無勢で殺されることもわかっていた。

「この前、カジノにやって来た。その瞬間、間違いなく店中の視線をあの女は集めていた。気取った若い議員も、歳《とし》を取った会社の役員も、私が雇っている一流のディーラーも女のウェイトレスもマネージャーもあの女を見て、息を呑《の》んだ。監視カメラだって、あの女をフォーカスしたはずだ」

「なるほど」木屋川はもう納得したが、轟は熱を帯びた口調で続ける。

「てっきり、女優が来たものだとばかり思ったくらいだ。昔、入り浸っていたあの女優じゃないぞ。比べ物にならん。ガラスとダイヤモンドの違いだ」

木屋川は話題に出た俳優のことを思い出す。以前は、テレビや映画に出演しており、木屋川も顔と名前は知っていた。初めは、テレビで見た人間を新鮮に感じたものの、だんだんと落胆した。彼女はただのギャンブル狂いであり、木屋川にとってよく知っている人種だった。彼女はどうなったのか？　借金で首が回らなくなり、どこかへ送られた。

全てを物としてしか見ておらず、金で買えないものはないと思っている轟が何を考えているのか見当はついた。

「コレクションに入れたいから、俺にも五月女を調べろとでも言うのか？」

「違う。彼女は私のビジネスパートナーになってもらう。五月女の調査は宇田に任せた。なんでも、五月女の家は地域のサロンみたいになってるらしい。宇田なら上手いこと混ざれるだろう。お前に頼みたいのは、お前向きの仕事だ」

それは即ち、血生臭い汚れ仕事だろう。

「昨夜、《薬局》が襲われた。お前は、どこの馬鹿がやったのかを調べろ」

轟が関わっている事業の一つに、ドラッグの製造や売買がある。《薬局》とはその部署のことだ。轟が運営しているわけではないが、売り上げの何割かを納めさせている。おそらく、《薬局》の職員が轟に泣きついたのだろう。

轟ができることは二つだ。お前の事情なんて知ったことではないから金は払えと脅すか、犯人を痛めつけて恩を売るか。きっと後者を選んだはずだ。歯向かう存在を容赦なく叩きのめし、すり潰し、他人を痛めつけて悦に浸るのが好きだからだ。

「わかった」そう言って、木屋川が立ち上がる。

「あと三人か」

「違う、二人だ。金山って奴を殺したからな」

「そうだったな。あと二人、それでちゃら、お前の仕事は終わる」

「約束は覚えているよな」

「ああ、借金を返済したらお前は自由だ。励めよ」

轟は疑われたことが不愉快だったのか、眉間に深い皺を作り、顔をしかめた。

私がどうしてごまかす？　とでも言いたげな顔をしているが、今まさに数を間違えただろうがと睨《にら》みつける。騙す気なのか、俺の処遇に興味がないのか判然としない。

木屋川の両親が一代で築き上げた負の遺産、借金の山を完済するまでもう少しだ。人を脅すこと、殴ること、殺すこと、正規の値段なんてわからないが、十年間そのことだけを取り組んできた。

あと二人殺せば、俺は普通の人間になれる。

15　朝比

「すごーい！」と隣の部屋から声が聞こえる。

昼休み、映画研究部の部室で、朝比はフリーズしてしまったパソコンの挙動に怯えながら、壁に目をやった。声の主はお隣の園芸部で、あそこはいつも賑やかだけど、いつにもまして楽し気だ。のんきでいいな、と思ってしまう。

わたしには、悩みの種がある。

夏目というあの人は一体何者なのか。彼女は信じてもいいのか。

あれからスマートフォンで検索したところ、世暮島で起こった事件について記事を見つけることができた。夏目の言う通り、多くの人が亡くなったり行方不明になっていた。だけど、それは台風の上陸によって起こった事故という扱われ方だった。川の氾濫《はんらん》に飲みこまれたり、不発弾が爆発して巻きこまれたり、不幸な事故がいくつかあったようだ。

同日にそんな事故が、と朝比は驚き、言葉を失った。だけど、それは人為的なものではない。殺人事件が起こったとはどこにも書かれていなかったし、死者数も六十三名ではなく二十四名だった。

夏目の話は、全てが嘘ではないかもしれないけど、誇張はある。

それとも当事者だけが知っている真実なのか。

「佑果ちん、わたしが五月女さんのことを魔女だって言ったらどう思う？」

「美魔女ってこと？」

「じゃなくて、魔女」

「あんたは映研でオカ研じゃないでしょ。現実でそういうこと言い始めたらおしまいだね」

「そらまあ、そうですわな。ただのネタだから気にしないで」

「美魔女と言えばさ、隣、園芸部の佐々木《ささき》、読モのスカウト受けたんだって」

隣の宮原佑果は無感動な口ぶりで言ったが、朝比は「ひょえー」と声をあげた。読者モデルがどんなことをするのか詳しく知らないけど、おそらく準芸能人という感じなのだろう。

校則があるから髪を染めることもパーマを当てることも禁止されている。でも、佐々木はどちらも教師たちが咎《とが》めない程度に施していた。小さい顔に二重瞼《ふたえまぶた》がぱっちりと見開いている。男子たちは「佐々木は可愛い」の一言で済ますだろうけど、日々のスキンケアやメイクの研究、髪の手入れもしっかりとしている努力の賜物だということは朝比にもわかっていた。園芸部だけどしっかりと日焼け対策をしているのも、朝比は偉いなと思っていた。

「佐々木さん、モデルかあ」朝比が苦い口調でこぼす。

「珍しいじゃん、ひがんでるの？」

「違くて。わたしが映画監督になりたいって言っても、みんな無理だと思ってるじゃん」

「モデルは多いけどさ、そもそも映画監督って数が少ないじゃん。まだ国会議員のほうがなれるんじゃやないの」

同じ文化部だし部室がお隣さんなので、朝比は佐々木ともよくお喋《しゃべ》りをした。だけど、佐々木の口から、読者モデルになりたいんだよねとか、芸能界に憧れていてという話を聞いたことがなかった。

佐々木は結果を出したから、親や先生からも、応援されているのだろうか。自分は、「なんで映画監督なんだ」とか「ああいうのは、一握りの人がなるもんだ」と言って取り合ってもらえない。隣にいる仲のいい友人ですら、なれると信じてくれていないのが現実だ。

羨ましい、が妬ましいになりそうだったので、朝比はかぶりを振った。

「そう言えばさ、佐々木、行ってるらしいよ」

「どこに」

「五月女さんの家」

忘れようと思っていた話題が出てきて、朝比は思わずどきりとする。

「こないだ、掃除の後に私も行って来たんだけど、すごかったよ。家の中も綺麗で、憧れの暮らしって感じ。それに、五月女さん見かけによらず面白いんだよね。綺麗なのにお茶目で、狡《ずる》いっていうよりも、完敗って感じ。ピアノとか絵を教わってる人もいるみたいだよ」

宮原佑果の話を聞きながら、「絵も描けるんだ?」と朝比は反応する。「天から一体いくつギフトをもらったのか」

「私は、男運が欲しかったなあ。あ、ねえ、今度メイクを教えてもらう会があるんだけど、一緒に行かない?」

「だめだよ!」

今、自分が何故だめだと止めたのか、朝比にもわからなかった。反射で、つい、という心境だ。

「危ない成分の化粧品とかを勧められちゃうかもよ」

「危ない成分って何よ」

「ホラーでよくあるじゃん。塗り続けないと皮膚がどろどろになる、みたいな」

「なにそれ。そうだ、ホラーといえばさ、山下《やました》公園で大量のカモメが死んでたんだって。何か天変地異の前触れかね」

その話を聞き、朝比の肌が粟立《あわだ》つ。

生物の大量死、それも世暮島で台風上陸の前に起こっていたと記事で読んだ。不気味な色をした巨大な雲がこの町に上陸しているのではないか。そんな気がしてしまう。

椅子の背もたれに身体を預け、朝比は天井を見上げる。

夏目が「五月女は魔女だ」なんていう妄想に憑《と》りつかれてしまったのは何故なのだろう。やはり、世暮島での不幸な事件や事故が、夏目の心を壊してしまったのか。

目をやると、画面のフリーズが戻っていた。

データの上書き保存をしてから、映像編集ソフトで作業を進める。風景描写として差しこむシーンの選別を、この昼休み中にやってしまいたい。

象の公園で、子供たちが遊んでいる。ほほえましい光景だけど、これは盗み撮りだし、顧問や赤木《あかぎ》が知ったら怒るだろうなと思う。

朝、昼、夜、と少しずつ映像を選別していく。眺めながら、そう言えばこの映像を撮ったのは、咲千夏がいなくなった日のものだったなと思い出した。

ディスプレイの中で、映像が流れる。

一本の電灯がこの世界の唯一の良心のように明かりを配っている。象の滑り台やブランコなどの遊具が、休んでいるようにも誰かが遊んでくれるのを、じっと待っているようにも見えた。

このあたりの映像でいいかな、と朝比がマウスに手を伸ばす。その時、電灯が睡魔に襲われて瞬きをするように、ちかちか、と明滅した。

直後、誰もいなかった公園に人間が二人現れた。

大人と子供だ。手を繋ぎ、画面の中央に立っている。立ち止まっているので、通りかかったようにも見えない。まるで、突如として出現したようだった。

朝比の手が止まる。

映っていたのは、五月女と咲千夏だった。

まるで、時間だとか空間だとか、そういうものを無視したみたいに、画面の中に存在している。

再生エラー？　映像編集ソフトは重いしね。朝比はそう思ってシークバーを移動してみたものの、映像は同じ動きを繰り返した。パソコンのせいではない。ならばテープに問題があったのだろう。テープからデータを取りこむ際に、ノイズが入ったのかもしれない。

それ以外に説明のしようがない。

なのに、朝比の胸では心臓がばくんばくんと跳ね回る。何かを訴えるように、胸が打たれ、痛い。

映像の他のシーンは普通だった。なのに、何故、五月女と咲千夏がいる場面だけ映像が乱れたのか。エラーがあったとしても、ピンポイントでおかしなものになる？

五月女が魔女？

そんなわけがない。だけど、疑いの種が芽を出して、思考に絡み付こうとしてくる。馬鹿馬鹿しい、やめてよ。

だけど、もしこれが映画ならばと朝比は考える。人生は映画だ。もし、自分が映画のヒロインであったのなら、何をするか。わたしの書く脚本だったら、ヒロインはどう動くか。

正しいことをする。

どんなにあり得ないことでもバカにせず、たとえ一人でも立ち向かうのが主人公だ。スクリーンの中で、ヒロインは真実を確かめようと奮闘していた。

前のめりになっていた姿勢を戻し、スマートフォンを操作した。夏目には、自分が戻るまでアルバイト先のレンタルビデオショップで待っていてほしいと頼み、赤木にも話を通した。じっとしてくれていたらいいのだけれど。

そう願いながら、夏目へメッセージを送る。

『放課後、五月女の屋敷へ行ってきます』

16 木屋川

《薬局》なんて呼ばれ方をしているが、そこは住宅地にあるマンションの一室だ。駅から歩いて十五分のところにあり、こういう普通の家には普通の人間が暮らしていてほしいところだった。

あと二人分仕事をすれば、自由になる。木屋川は残りの数を両手で数えられるようにな

ってから、「普通」の生き方を強く意識するようになった。普通の人間が住んでいそうな

場所に、物騒な連中が隠れていることに嫌な気持ちがしてしまう。そんな自分の身勝手な

心境の変化に呆《あき》れつつ、インターフォンを押す。ほどなくして返事があった。

『はい、もしもし』

「木屋川だ。轟から話は聞いているか？」

『今開けまーす』

扉が開く。中から現れたのは白いシャツを着た細身の男だった。黒縁眼鏡で目が細く、顎が尖《とが》っている。どこかカマキリを彷彿《ほうふつ》とさせる顔立ちだ。男は木屋川を見上げ、目を見開く。大きいな、と驚いたのだろう。よくあることだった。

「どうぞ中へ」

玄関に入り、細い廊下を抜けて移動する。奥にはダイニングキッチンとリビングがあり、テーブルの上には菓子パンや電気ケトルが置かれていて生活感があった。流しには食器も溜まっている。

「そんなに珍しいものある？」

「思っていたより普通で拍子抜けしているところだ。《薬局》はおかしな匂いがしたり、変な色の照明だとか、熱帯魚が泳いでる水槽があるのかと思っていた」

「そんな家、住みたくないよ。ごちゃごちゃしてるの嫌いなんだよね。こないだテレビの豪邸紹介で、鹿の首とか虎の皮とかがあってさ、趣味が悪いったらなかったよ」

「それを轟の前では言わないほうがいいぞ。お前の首が飾られることになる」

「まじで？　ああ、でも支配人はそういう下品なの好きそうだよね」

男が顔をしかめる。木屋川より年上だと思うが、話し方は十代の学生のようだった。

「盗みが入ったと聞いた。詳しく聞かせてくれ」

「そう、そうなんだよ。昨夜のことなんだけどさ、飲みに行こうと思って出かけたんだ。週三でダーツバーに通ってて、ぼくはかなり腕がいいわけ。店じゃ敵なしって感じ」

「プロになればよかったじゃないか」

嫌味のつもりで言ったのだが、「ドーピングで無理無理」と男は左頬を吊《っ》り上げた。

「で、話を戻すとさ、出かけたのに忘れ物をしたことに気づいたんだ。駅のホームまで行ったのに、取りに戻ったわけ。よりによって忘れたのが、マイダーツだったもんだから、帰らざるをえなくて。で、扉を開けたら、なんと目だし帽をかぶった男がいたんだよ」

「なんと」

「あん時はびっくりしたね。男のほうも、青褪めて固まってた」

男がそう言って、台所のほうへ移動する。「あんたもなんか飲む?」と言って、冷蔵庫を開けた。

「いや、いらない」

「ああ、そう」男が冷蔵庫を閉めて、流しのグラスを手に取った。水を汲《く》み、のどを潤している。

「男の格好を詳しく教えてくれ。目だし帽以外には、何を身に着けていた?」

「黒いジャンパーに黒いジーンズだけだね。全身真っ黒。ぼくも相手も固まって、西部劇みたいだったよ。どっちが先に動くか、一触即発ってやつ。睨み合いがずっと続いた。男の手には、包丁が握られてたからね。僕も目を離したら殺されると思った」

木屋川が相槌を打ちながら、リビングを移動し、隣室の扉を開ける。中を覗くと、オレンジ色の光に包まれた植物園のようになっていた。特殊なライトに照らされた植物が並んでいる。対して、壁際には太った無精髭《ぶしょうひげ》の男が壁に背をつけて座ったまま、がっくりとうなだれていた。腹には刺し傷があり、床には黒い血だまりが広がっている。

電光を浴びている植物たちは、床に転がる太った髭男の死体を気にする様子もなく、「もっと光を!」と言わんばかりに葉を広げている。死の傍らで、生きようと精一杯葉を広げる植物が、ひどくグロテスクに見えた。

「ああ、その人はここの同僚ね。昨夜殺されてたんだ。掃除してもらえるんだよね?」

「連れて行く」

「よかった。邪魔だからさ。で、話を戻すとね、このままじゃマズイ。殺されると思って、ぼくも身近にある何か武器になりそうなものを探した。で、手に持っていたのが」

「ダーツか」

「その通り！」

男が嬉しそうに、腕を振る。いちいち芝居がかっていて、木屋川は男の寸劇に巻きこまれているような気恥ずかしさを覚えた。

「玄関に置きっ放しだったからね。そして、遠くでクラクションの音が鳴った。劇的だったなぁ。それを合図に、ぼくはダーツを構えて放ったわけ。で、どうなったと思う？」

「プロ級のお前のことだから、相手に刺さったんだろうな」

「その通り。相手の右目に刺さった」

「ブルズアイってわけか」

意図が伝わらなかったようで、男が首を傾げる。ダーツや射撃の中央に命中することをそう言うのだが、知らなかったようだ。牛の目を射抜くような精度という意味だ。赤子の手を捻《ひね》る、と同様に人道に反する例えだな、と木屋川は思う。

「男が呻《うめ》いて、包丁を振り回しながら逃げ出した。ぼくは慌てて玄関の鍵を閉めて、あちこちに連絡を入れたってわけ」

「相手を手負いにしたのに、追わなかったのか？」

「そういうの、得意そうに見える？」

男がわざとらしく、両手を広げた。カマキリがカマを構えるように見える。

「被害は何だ？　犯人の心当たりは？」

「金庫がすっからかんだよ。だから困ってる」男が指を起こす。「八百万くらい」

木屋川は息を吐き、室内のあちこちに目をやる。荒らされている形跡もない。リビングのテーブルには分厚い参考書があった。移動して、手に取る。

「大人になっても勉強をするのか？」

「勉強っていうか資料だね。脱法ドラッグとか危険ドラッグとかいろいろ呼ばれているけどさ、問題なのは化学構造なんだ。向精神作用がある部分の一部を変えて、作っているわけ。禁止されたら、新しい似た構造で作る。そのいたちごっこだよ」

男の話を聞きながら、木屋川はページを捲《めく》る。ハチの巣のように、六角形の図形や化学式が書かれていた。

「俺は、小学校から全然勉強ができなかった。算数も、分数の割り算からわからなかった。教師たちは俺を煙たがっていたから、熱心に教えようとしてくれる奴もいなかった。それどころか、俺に質問をして、答えられないとみんなで笑っていたくらいだ。集団をまとめるための、生《い》け贄《にえ》にされていた」

「そんな図体でいじめられてたの？」

「身長が伸びたのは、十代に入ってからだ。お前は、俺と違って子供の頃から理科が好きで、こういう仕事をしているのか？」

「そう考えると、好きが転じてってことになるのか。でもまあ、あんたは勉強しなくてもよかったんじゃない？　参考書じゃ人は死なないし」

「一つ質問をしていいか？」

「何？」

「カリウムの元素記号は何だ？」

木屋川が参考書を閉じて、男に目をやる。男は眉をひそめ、小首を傾げていた。

「なんだって？」

「ナトリウムと相互作用し、細胞の浸透圧や水分保持をしている、あのカリウムだ。カリウムの元素記号は？」

「どうしてそんなことを知りたいわけ」

「他の質問でもいいぞ。目だし帽を被った相手が、どうして青褪めているとわかった？男の格好は黒いジャンパーに黒いジーンズだけなのに、盗んだ八百万の札束はどこに持っていたんだ？　ダーツが上手いくせに用語を知らないのは何故だ？　冷蔵庫の中を知らなかったようだがどうしてだ？　なあ、教えてくれよ。俺と違って、頭がいいんだろ？」

男は、怪訝な表情を浮かべながら、答えた。

「Ｃａ」

「カリウムはＫだ。Ｃａはカルシウムだからな」

男は纏《まと》っているのんきな気配を脱いだ。ふうん、と気の抜けた返事をし、頬を掻く。

「あんたは、中学校もろくに行ってないあほって聞いてたんだけどなあ」

「実際その通りだ。だが、この数年間一人で勉強をしていた。俺はもうすぐ普通になる。そのための準備だ。こんな勉強が役に立つのか思いながら、それでもやった甲斐《かい》があったな」

木屋川は、自由になるための準備として、小中学校の教科書や参考書を買い、自宅にいる時はそれを読みこんでいた。退屈だ、つまらない、という気持ちは子供の頃と変わらなかったが、まともになるためだと思えば我慢できた。

男がシンクの中にあった包丁を手に取る。

木屋川は考えを巡らせる。目の前にいる男は一体何者なのか。目的は何か。

この男は、俺を待っていた。自分はどうしてここにいるのか。轟に指示されたからだ。ということは、轟は俺とこいつを鉢合わせさせるつもりだったのだろう。何のためか。

男に俺を殺させるためだ。

こいつは、俺の後釜ってわけか。

借金を完済した俺を自由の身に、普通の人間にするつもりなど轟にはなかったのだ。俺がいろいろなことを知りすぎているからかもしれないし、自由の身にさせるという行為が損に思えて、ならばいっそのことと思ったのかもしれない。もしくは、俺が裏切ったということにして俺を殺し、俺ですらも始末できるんだと力を誇示したいのかもしれない。

木屋川は小さくかぶりを振る。どれもありえるならば、どれだってかまわない。

今考えるべきは、目の前の包丁を持った男だ。

木屋川はポケットから革の手袋を取り出し、身に着けた。柔らかく、馴染んでいる。遠くで、車のクラクションが鳴った。

男が手に持った包丁を放った。回転し、弧を描きながら木屋川目掛けて飛ぶ。木屋川が反応し、参考書を構える。刃が参考書に刺さり、止まった。

木屋川は包丁を抜き取り、つかんで投げ返す。男が首を傾げ、躱《かわ》す。包丁が壁に当たって落下した。きん、と音が鳴る。男が落下する包丁を目で追っていた。無意識だろう。その所為《せい》で木屋川の第二の投擲《とうてき》、参考書に気づくのが遅れた。

参考書で人は死なない。だが、目くらましにはなる。分厚い参考書を払いのけた男の顔面に、木屋川は拳を叩きこんだ。男の鼻を、プライドを砕く感触が伝わる。

男がぎゃっと悲鳴をあげる。

木屋川はすぐさま続けて顔と鳩尾《みぞおち》、肝臓のあたりを殴りつける。どしんどしんと、音が響くような重い打撃が続いた。

男が腹を押さえながら、床に倒れ、呻く。木屋川はすかさず、身体を蹴り上げ、仰向けにひっくり返す。男は眉を歪め、苦悶《くもん》の表情を浮かべていた。

喉を右足で踏みつけ、訊ねる。

「誰に雇われた？　轟か？」

アクセルを踏むように、少しずつ足に力を籠める。男の顔が赤くなっていき、咳《せ》きこんだ。ばんばんと床を叩いている。タップアウトなど知ったことか。

「目的はなんだ？」

「取引だ！　取引をしよう！」

苦し紛れの人間が言う言葉だ。

「ふじみに興味はないか？」

木屋川は、男の口から飛び出た言葉を、どういう漢字に変換したらいいのかがわからなかった。

富士見と予測する。

「不老不死だ」

ふじみ、不死身。くだらない。溜め息を堪《こら》えて踏みつける。

足の裏から、太い幹を折るような感触が伝わった。

17　朝比

インターフォンを押す。

朝比の緊張に対してひどくのんきな呼び出し音が鳴る。

夏目は不審者として認定されているし、放課後になると、朝比は一人で五月女の家へと向かった。朝比が五月女の写真を撮り、それを夏目に見せて四木かどうか確かめてもらう、という作戦だった。

門の前で五月女が出て来るのを待ちながら、思い出す。昼間に家の外で彼女を見た人はいないだろ、と夏目は話していた。どうして昼間は外に出ないんだろう。真っ先に思い浮かんだのが、スティーブン・キングの『呪われた町』だ。吸血鬼？　横浜に？　まさか。

音がして、朝比の身体がびくっと震える。門の奥に見える扉が開いた。

現れたのは、若い男性だった。明るいグレーのジャケットに紺色のシャツを着ている。上品な服を着こなす育ちの良さそうな人で、ファッション雑誌からそのまま出てきたようだ。朝比を見て、甘いマスクとでも呼ばれそうな垂れ目を細める。

一瞬、男の目線が胸や身体を舐《な》めるように移動したように感じた。けれど、すぐに整った顔立ちで笑みを浮かべ、「いらっしゃい」と声をかけられたので、疑念は消えた。夏目と物騒な話をしたことを、引きずっているのだろう。

「はじめまして、わたし朝比っていいます」

「はじめまして、宇田です。五月女さん、ちょっと手が離せないみたいだから、代わりに。どうしたの？」

「実は、学校の友達から話を聞いて。五月女さん、絵が上手いんですよね。ちょっとだけお話を聞けたら嬉しいなって」

「なるほど。僕が言うのもなんだけど、どうぞどうぞ」

宇田が門を開け、中へと促した。朝比は、すいません、どうも、と頭を下げながら進み、屋敷に足を踏み入れる。

玄関ホールとでも呼ぶべき広い空間に、思わず声をあげそうになる。瀟洒《しょうしゃ》で、洋画のセットにいるような気持ちになった。柱や木材が歴史を感じさせる味わい深い色をしていて、重厚な印象を受ける。それに、外からはわからなかったけど、中はずいぶんと賑やかだ。楽し気な談笑が、屋敷のあちこちから聞こえてくる。

それに、なんだかいい香りがする。花の香りというほど自然なものではない。だけど、香水のようなきつい感じもしない。鼻から身体の中に取りこまれ、血管を巡り、頭が気持ちよくほぐされていくようだ。気分が良く、うっとりとした気持ちになった。

宇田に案内されて、玄関ホールの左側にある階段を上がる。踊り場の大きな窓から外を見ると、遠くにランドマークタワーが見えた。眺めが良い。塔屋からは、もっと綺麗に見えるのだろう。

二階に上がってすぐの部屋の扉が開いている。

絨毯の敷かれた洋室に、十人ほどの人がいた。小学生くらいの少年から、白髪と皺の目立つ老婦までいる。老若男女という言葉が朝比の頭の中で思い浮かんだ。みんなは、こちらに背を向けて丸椅子に座り、一点を注目していた。視線の先には、階段二段分ほどの台があり、その上に彼女はいた。

視線がぶつかり、朝比の身体が固まる。

怖ろしく綺麗な人が、アンティーク風の猫脚椅子に足を組んで座っていた。肘掛けに頬《ほお》杖《づえ》をついている。まるで朝比が来るのを待っていたかのような、歓迎にふさわしい笑みを浮かべていた。

朝比が五月女を見かけたのは一度だけで、こうして面と向かって会うのは二度目だったのだが、それでも容姿の美しさに見惚《みと》れてしまう。

陶器のような艶やかな白い肌と、それとは対照的な、黒いシルクのような髪に目を奪われる。花や蔦の刺繍《ししゅう》が入った、丈の長い黒のワンピースが様になっている。彼女の全身からは主としての貫禄が、悩まし気な指先やすらっと伸びている脚からは色気が漂っていた。

薄い朱色の口紅を塗られた唇が、ゆっくりと動く。

「いらっしゃいませ。朝比真矢さん」

「あの、お久しぶりです」頭を下げ、あれ、と怪訝に思う。「わたし、名前」

「お母さまと似ていたものですから。二人とも、優しそうな目をしていて、羨ましいわ」

母と面識があるのか、そんなに似ているだろうかということよりも、羨ましい？　あなたがわたしを？　ということのほうが気になった。まさか。

「私、よく見ると顔が怖いって言われるものですから」

「お綺麗ですもんね」

「ありがとう。それで、今日はどうしたのかしら」

「あの、実はわたし、映画を撮っているんですけど、絵コンテってやつを描かないといけなくて。でも、恥ずかしい話、美術で先生に励まされるくらい絵が下手なんですよね。それで友達から、五月女さんのことを聞いたんですけど」

本当のことに嘘を混ぜつつ、よくもまあ滑らかにぺらぺらと喋れるものだなと、朝比は自分に感心してしまう。五月女は、表情を崩さぬまま「そうですか」とつぶやいた。

「よかったら、真矢さんもデッサンに参加してみませんか？」

「今からですか？」

「せっかくですし。あと、真矢さんともお話したいので。人にはそう見えないって言われるんですけど、私って結構お喋りが好きなんです」

「見えませんよー」と部屋の誰かが声をあげ、くすくすとした笑いが広がる。五月女が照れ臭そうに目を細めた。

「そんなことありませんよ。ずぼらなので、掃除も苦手ですし」

自分の家と比べて、こちらのほうが古いはずなのに、はるかにお洒落《しゃれ》で綺麗だった。壁や床の質感だけではなく、時計や置物、花瓶から電灯に至るまで調度品にこだわりを感じる。アンティーク、という言葉では足りない威厳があった。窓は分厚そうなワインレッドのカーテンで覆われていた。

生徒、と呼んでいいのか、町の人々が真剣な顔つきで鉛筆や木炭を構えて走らせている。画材の持ち方も正しいし、当たりを取ってから細かく描きこむようにしていて、しっかりとした指導が窺える。強《し》いて気になったことと言えば、フローリングは磨かれてピカピカに光っていることだった。掃除が苦手、というのは嘘ではないか。

「真矢さん、空いているそこの席にどうぞ」

五月女の正面の席が一つだけ空いてた。イーゼルの上には画板と紙がセットされ、そばには木炭も用意してある。椅子に腰かけると背筋が伸びた。

何故、正面が空いていたのだろうかと朝比は気になったけど、すぐに理解した。

「まずは自由に描いてみてね」

美しい五月女が正面にいる、それが理由だ。

朝比は人見知りするほうではないと思っていたのに、強い緊張を自覚した。黒くて大きな瞳がじっと自分を見つめている。見つめられ続けていると、胸がどきどきした。

とにかく手を動かそう。木炭を構え、五月女を描く。線で輪郭のあたりを取り、シルエットを抜き出すようにしていく。足が長く、腕や指も綺麗で、首も細いし、顔立ちが異様に整っている。五月女にも、自分と同じ年頃があったとは到底思えなかった。学校の制服を着て通学し、授業を受け、休み時間に友人たちと雑談をしたり、部室でだらっとお菓子を食べる姿なんて想像できない。

線を重ね、像が浮かび上がり、形作られていく。自分の画力の問題もあるけど、目の前にいる五月女を完璧に再現できないことが、悔しくなった。

「朝比さんは、どうして映画を撮るの？」

「どうして？」

「だって、映画を撮るのは大変でしょう？　お話を考えたり、撮影をしたり、編集をしたり、きっと演技も。周りとの熱量が違って、上手くいかないこともあるんじゃないかしら」

「びっくりしました。その通りです」

他の部員たちは「映画作りのお手伝いをしてみたい」というスタンスなので、監督脚本は朝比が自らやるしかない。朝や昼休みや放課後に、狭い部室でスペックの低いパソコンで編集作業をしている自分は、一体どうして高校生活を謳歌《おうか》しないのかと思うことがある。

わたしが、それでも映画を撮る理由——

「自分を見つけてもらいたいから」

口から、本心が、こぼれた。

18　木屋川

首の捻《ね》じれたカマキリ顔の男を見下ろす。

目を剝き、舌を突き出していて、死んだだけで人間は不気味な様相になるものだ。木屋川は自分で殺したことを棚に上げて、そんなことを感じていた。

テーブルの上にあった菓子パンを手に取る。ジャムパンを口の中に放りこみ、咀嚼《そしゃく》する。食事の機会がある内に、食べておくにこしたことはない。戦闘は始まっている。

このカマキリ男が死んだところで、轟は一切困らないだろう。山ほど持っている手駒の一つに過ぎないはずなので、これからも俺を相手にアンフェアな戦いはいくらでもできるはずだ。

木屋川が屈《かが》み、カマキリ男のポケットを探る。固いものがあった。取り出すと、それは木屋川が持っているものよりも新しい機種のスマートフォンだった。ホーム画面が開かない。持ち主の顔を認証してホーム画面が起動するシステムだ。

眉をひそめながらスマートフォンをカマキリ男の顔前に構える。何度もやっても、上手くいかない。舌打ちをした。指紋認証も試してみたが、ロックは解除されなかった。植物園のようになっていた奥の部屋の死体のものかもしれない。念のため、試してみるかと移動する。

木屋川が爪先で太った男の脇腹を蹴るように転がす。男は「死体を蹴るなんて」と驚くように目を見開いていた。

スマートフォンをかざしたところで、木屋川の手に振動が伝わってきた。確認する。非通知からの着信だった。自分にかかってきた場合であれば出ない。

が、他人のものだしな、と通話ボタンをタップした。

「出るのが遅いぞ。私を待たせるな」

誰に対しても命令をできると信じて疑わない、傲慢《ごうまん》な男の声だった。

「そっちに木屋川が行ったはずだが、どうなった」

「木屋川なら来たぞ。返り打ちにあって、俺は木屋川に殺された」

「殺された？　何を言っている」

轟が怪訝な声をあげる。眉根に皺を寄せて、革張りの椅子でふんぞり返っている姿が目に浮かぶ。

「まだわからねえのか。俺が木屋川だ。こいつは俺が殺した」

息を呑むような間が生まれる。轟は多少驚いたかもしれないが、なんだ、程度にしか思っていないのが伝わってくる。

「何故お前がその電話に出ている」

「言っただろ。持ち主は俺が殺した」

「私はお前に、そいつを掃除しろと命令したか？」

「俺は殺されろとも言われてなかったからな。失敗したんだから、残念がったらどうだ」

スピーカーから、相手の長い鼻息が聞こえる。

「お前は勘違いをしている。私はその男に、お前を殺す命令など出してはいない」

「じゃあなんで包丁を投げてきたんだ？」

「さあな。お前が引退する前に、一戦交えたかったんじゃないのか」

轟と下らないやり取りを続ける気はない。今、こうして時間稼ぎをされており、新手を送りこまれるかもしれない。

「とにかく、お前が俺を引退させるつもりがないってことはよくわかった。お前のことだから、俺が逃げても部下を使って俺を探すつもりだろう。失敗したまま生きるなんて、ちんけなプライドが傷つくだろうからな」

「おい」

「なんだ」

「さっきから、口の利き方がなってないぞ。私のことは支配人と呼べ」

木屋川が、大きく舌打ちをする。

「俺は自由を手に入れる。そのためにお前を殺す」

声に出してみると、木屋川は自分が何をすべきなのか、どこへ向かうべきかを理解することができた。そうだ、俺は自由を手に入れるんだ。

光がするほうへ向かう。

「まったく、馬鹿が多くて嫌になる。だが、つくずくお前は本当に運が良い奴だな」

「子供の頃から、親の借金を背負わされて、お前にいいように使われて、俺は本当に運が良いよな」

「ああ、その通りだな。私に拾われて、お前は幸運だった。今、少し立てこんでいてな、お前に構っている暇がない。そうだな、あと一週間は生きられるだろう。今のうちに好きなものを食べて、女でも抱いておけ」

「妄言で時間を稼ぐのがお前のやり方に変わったのか？　お前に一週間も堪え性があるわけねえだろ。お前もこいつみたいに、『不死身に興味はないか』くらい言ったらどうだ」

「今、不死身と言ったか」

轟の声色が変わる。馬鹿なことをと鼻で笑うわけではなく、我慢できずに食いつくような反応だった。木屋川は戸惑いながらも、平静を装う。

「それがどうした」

沈黙が続く。通話が切れているのではないかと疑わしくなる。

「お前にチャンスをやる。これから、五月女をホテルまで連れてこい」

「宇田に調べさせている女か？」

「そうだ。そうすれば、お前のことは見逃してやる」

「俺を殺す予定が七日後じゃなくて、八日後にするわけか？」

「見逃すの意味がわからないのか？　ちゃらにしてやると言っているんだ。お前はどうでもいい。私がお前を騙す利点もない。足りない頭を使って考えろ」

馬鹿にする物言いに、頭が爆発寸前だった。

だが、「理性的であれ」という声が心の内側で響く。落ち着け、と聞こえる。

「わかった、これが最後だ。五月女を送り届けたら、俺は抜ける」

「好きにしろ。あと、《薬局》に黒いアタッシュケースがあるはずだ。それも絶対に持って来い。絶対、の意味はわかるな？」

「絶対、もう俺を裏切るなよ」

返事もなく、通話を切られた。

一息吐く。木屋川は当然、轟の言うことを信じてはいない。五月女を案内するつもりもない。だが、従うふりをしていたほうが、すぐに追手を送りこまれる可能性が減る。自分が欺《あざむ》いていることを、轟が見越していることも危惧すべきだ。

しかし、それよりも気になることがある。

木屋川は壁に背を預け、腕を組む。

「不死身」

口の中で言葉を転がす。意味がわからない。《薬局》や《病院》と同様に、コードネームなのだろうか。だが、そんな馬鹿げた言葉を、耳にしたことがない。

で、あるならば聞き出すほかない。民間人であれば、指を二、三本折れば喋ってくれるだろう。

五月女を迎えに行き、攫《さら》い、尋問をする。やるべきことは決まった。

木屋川は部屋の中を見て回り、隅に黒いアタッシュケースを見つけた。手に持つと、ずしりとした重量が伝わってきた。金塊、にしてはあまりに不用心だ。どうせろくでもないものが入っているのだろう。

植物園じみた部屋を出て、リビングに戻り、廊下を抜けて玄関から外へ出た。

向かいにもマンションがあるが、扉は全て閉まっている。腕時計を見る。時刻は、十五時過ぎだ。太陽が出ている間に、マンションで人が死に、死体が二つ転がっている。普通じゃないことだが、誰も見ていない。

19 朝比

自分を見つけてもらいたい。

それが、わたしが映画を撮る理由。

その言葉はただの独りよがりなものにしか思えず、朝比は羞恥心で耳が熱くなる。

なので、

「素晴らしいですね」

と五月女に言われた時、驚いた。そんなわけがない。この人はおだてて自分を喜ばせようとしているだけなのではないかと身構える。

「朝比さんが、みんなへの感謝を伝えたいからとか、恩返しだとか、命のすばらしさや生きることの大切さを、なんて言ったら失望したと思います。だって、それはみんなが言っているみんなの言葉でしょう」

「でも、見つけてなんて子供っぽくなかったですか？」

「そうは思いません。物を作って発表するということは、とても不安なことですよね。みんなから、世界から無視されるかもしれない。それは孤独です。それに、孤独は人をおかしくします」

いくら伝えたいことがあっても、面白いものを作ったから一緒に楽しもうよと言っても、無視されたら、そう考えると朝比の心には冷たい風が吹き抜け、身が凍るような思いになった。そして実際、そういう体験ばかりを味わっている。

「だから、自分の不安を隠さずに、『見つけてほしい』と言ったあなたの言葉は本物だと思いました。みんなが誰かの言葉を口にする中で、自分の言葉を伝える。それは勇気がある、素敵なことだと思いますよ」

勇気がある。そう言われたことで、胸がじーんとした。

両親も、先生も、同級生たちも、わたしが映画監督になれるだなんて思っていない。だから、自分自身も心のどこかで、いつか見切りをつけて生きるのかなと思っていた。昔、わたしも映画を撮ってたんだけどさ、と語るようになると。

でも、そんな朝比の不安が五月女の言葉によって吹き飛んでいった。

他でもない、この人が自分を信じてくれたのだ。心の底から自信が沸いた。

「ありがとうございます。五月女さんは、いい人ですね」

ふふふ、と五月女が笑う。

「朝比さん、指を描くのは後回しでも大丈夫ですよ。関節の位置をしっかり意識してますね。あなたには良い観察眼があるから、きっと素敵な映画を作れますよ」

五月女に褒められ、恐縮しつつも、朝比の頰が緩む。

しかし、直後にはっとする。何故、目の前にいる五月女に、自分の絵がわかったのか。目をやると、五月女はおかしさを堪えるように、ふふふと洩らしている。

そして、右手の人差し指をぴんと伸ばし、空気をかき混ぜるようにくるくる回し始めた。

「私ね、この家の中のことは見なくても全てわかるんですよ。今、台所にいる仰木《おおぎ》さんがスコーンをオーブンから出しました。あ、お庭で柿本《かきもと》さんが薔薇に水をあげてくれていますね。水のあげすぎは良くないけれど、きっとお花を見ていたら何かしてあげたいんでしょうね。隣の部屋では、子供たちがかくれんぼをしてますね。あとは、あら、家の外で心配そうにしている人は誰かしら」

五月女が顔色を変えずに、滔々《とうとう》と語る。

朝比の木炭を握る手が止まり、背筋に冷たいものが走った。何もかもを見透かすように、五月女の双眸《そうぼう》が自分をとらえたまま動かない。補食相手を見据え、目を離すまいとしているようだった。

五月女が指の動きを止め、立ち上がる。

ゆったりとした優雅な歩き方で、朝比に近づいて来る。そっと手を伸ばし、頬に触れられた。爪で、首筋を撫でられる。切れてしまうのではないかと思うくらい鋭かった。身体が石のように動かない。このまま、爪で喉を切られて血を流しても、わたしはきっと動けないのではないか。

すぐそばにまで死が迫っている。

圧倒的な存在を前にして、なす術《すべ》がないと悟る。不安で頭が真っ白になった。

「五月女さん」

咎めるような宇田の声がして、びくっと身体が震えた。

自分のすぐそばにいたはずの五月女は、椅子に座っていた。優雅な姿勢を崩していない。今のは一体、何だったのか。夢？　妄想？　と疑うけど、心臓がばくんばくんと騒いで、肋骨《ろっこつ》が痛いほど苦しい。

「冗談ですよ。ほとんど嘘」

「え？」

「コツは本当のことをちょっと混ぜること。真矢さんが可愛かったからつい。後ろを見て」

朝比がそっと振り返り、それを見つける。部屋の壁にはいろいろな方向をむいた鏡がいくつも掛かっていた。どれにも、凝った装飾の枠が嵌《は》められている。その鏡の一つに、キャンバスと青褪めた顔の朝比が映っていた。

なんだ、鏡を使ってわたしの絵を見ていたのか。

宇田だけではなく、室内にいる他の人々も朝比を見て同情的な笑みを浮かべていた。自分もやられたよ、とでも言いたげな顔をしている。

朝比は声をあげて笑った。賑やかな笑い声が室内のあちこちで生まれ、朝比の声も混ざる。朝比は、彼らの一員になれた気がした。居場所を見つけることができた。

「お茶目なんですね。わたし、誤解してました。実は、高校の先輩に五月女さんのことを疑っている人がいて、それでちょっと身構えてたんですけど」

「誤解？」

「五月女さんが、なんとかって島から来た魔女なんじゃ――」

20　木屋川

轟から五月女を迎えに行けと命令された。従うふりをしているが、ばれたら轟は「命令に従え」と新たな命令をしてくるのではないか。くだらない。

木屋川は命令を無視し、ＲＶ車を運転した。進行方向を眺めながら、思案する。轟の物言いがどうにも気になった。

轟は、「お前に構っている暇がない」と言っていた。だが命令に背こうものならひどい殺し方をして、それを見せしめにするのが轟のやり方だ。これはやはり妙だった。

「不死身」

その言葉を告げた途端に態度を変えたのも、気持ちが悪い。

状況がわからない。見通しの悪い霧の中を走っているようだ。カーステレオでは、最近の異常気象について流れている。山下公園で大量のカモメが死んでいたらしく、ラジオDJが一体何故なのか！　と、どこか不安を楽しむように喋っていた。大量の死骸《しがい》、木屋川にはこれも轟に関係があるのではないかという気がしてくる。

信じられるのは自分だけという言葉は、金で買えないものはない、くらい陳腐な言葉だなと思う。だが、自分の積み重ねた経験と勘を頼るしかない。

おそらく、轟のホテルで何かが起こっている。

自分はどうする？　ほしいのは自由だ。そのためのルートを、進むのだ。

放って逃げたら、殺される。五月女を尋問する前に誰かから情報を集めなければ。伊森に連絡を取るべきか。いや、今は誰が味方で誰が敵かわからない。

ならば、向かうべきは《病院》だ。


木屋川は住宅地の外れにひっそりと佇《たたず》んでいる、個人宅の病院へやって来た。壁は煤《すす》けたように汚れ、陰気な蔦で覆われていてきな臭い。金曜の午後は休診と看板には書いてあるが、木屋川には関係がない。

入口の扉に目もくれず、壁沿いに移動する。隣家との間にある隙間を移動し、裏を目指す。回りこんでいると、銀色の扉が現れた。一ヶ所だけ近代的で、遺跡にあるオーパーツじみている。

扉の脇には小さな箱のようなものが張りつけられ、蓋をされていた。ナンバーロックと指紋認証式の鍵だ。表よりも厳重なのは、ここが搬入口と呼ばれる扉だからだろう。ここから出るのは、臓器の抜かれた死体と、死体を運ぶ人間だけだ。

木屋川は素早くナンバーを打ちこみ、親指を当てた。開錠を知らせる電子音と、錠が外れる軽やかな音が響く。ノブを引き、身を滑りこませる。

中は、病院独特の薬品の匂いが漂っていた。ずっと嗅いでいるだけで、不健康になりそうな匂いだ。木屋川はスマートフォンのライトをつけ、足元を照らしながら進む。部屋のドアを開けると廊下が現れ、廊下の奥から光が漏れていた。診察室に、人がいる。

前屈みになり、足音を殺し、木屋川はゆっくりと移動する。が、すぐにやめた。医師がいるならば、俺が侵入してきたことは通知されているだろう。

扉をノックをし、「入るぞ」と言ってからドアを開ける。

診察室の中、黒いゆったりとした椅子に医師は座っていた。

鷲鼻《わしばな》で頰がこけ、眉が薄く、落ちくぼんでいる目は鋭い。禿頭《とくとう》で後頭部の髪は白いが、老いた弱々しさはなく、老獪《ろうかい》さを漂わせている。木屋川よりもずっと長い間この業界に身を置いているという、貫禄もある。

「どうした」

医師が訊ねてくる。事前連絡なしの訪問に対して、警戒している声色ではない。待ち構えていたのかと訝しむ。しかし、この医師はいつも同じ口調だなと木屋川は考え直した。

「あんたに相談があって来た」口にしながら、医師の向かいの丸椅子に座る。

肌が青白く、眉一つ動いていない。血の通わぬ機械と向き合っているようだった。俺が患者だったら、こいつに相談はしたくねえなと思う。つまらない顔をして問診をし、表情を変えずに難病や余命の告知をするに違いない。

「お前は病気にならないだろう」

「ホテルのことだ。《薬局》で殺されかけた」

「お前を狙う馬鹿がいたのか？」無謀だなとでも言いたげに、医師が鼻で笑う。

「轟の命令で《薬局》へ行ったら、待ち伏せをされた。あと二人分仕事をこなせば、俺は晴れて自由の身だ。轟はそれが気に食わなかったんだろうな。あいつの考えそうなことだ。それよりも、気になることがある。轟の口ぶりだと、ホテルがごたついている感じがした。あんた、何か事情を知らないか？」

「そのことか。私にとっては、どうでもいいことだ」

「俺にとっては、死活問題なんだ」

木屋川はそう言って、革の手袋をポケットから取り出す。

「物騒なものは仕舞え。教えてやる。その前に、私の質問に答えろ。何故、お前は伊森ではなく私に会いに来た？」

「派閥争いだとかゴタゴタが起きても、あんたにはまるで関係がないだろうと思ったからな。どっちでもいいと思っている。だろ？」

医師が、やはり鼻で笑うように息をして、うなずいた。

「内輪揉《うちわも》めが起こっている。謀反だ。何人か、幹部の連中が轟を排除して新しい体制を作ろうとしている」

「それはつまり、轟を殺そうとしてる奴らがいるってことか？」

「何か問題があるのか？」

「まさか。会社に気が合う奴がいたら、もっと早く知りたかったくらいだ。一緒にカラオケとかキャンプにでも行けたかもしれない」

木屋川の冗談を冗談と思わなかったのか、医師の表情に変化はない。

「だけど、どうして今なんだ。何があった？」

そこで医師が、片眉を上げる。こいつは思っていたよりも馬鹿じゃないな、と感心するような顔で木屋川を見た。

「轟は恨みを買っているだろうし、早く死ねばいい、いつか自分がぶっ殺してやるって考えてる奴らが多いことはわかる。納得もできる。だが、謀反を起こしているのは一人じゃないんだろ。きっかけはなんだ？」

「木屋川、お前は《孤児院》の話を知っているか？」

「あいつに、そんな人の心があったとは驚きだ」

木屋川が鼻で笑うと、医師はじっと様子を探るような目をしていた。

「お前は、覚えていないんだな」

「覚えていないも、初耳だ」

「すまんな、そうだったか。あそこは《孤児院》とは名ばかりの、轟の実験場だった」

話を聞き、木屋川の頭の中では胸糞《むなくそ》の悪い想像が駆け巡った。

轟が関わっているのだから、子供たちが幸せになっているわけがない。自身の体験を思い出す。血の匂いが蘇《よみがえ》り、悲鳴が聞こえてくる。暴力を振るわれ、飢えをしのぎ、社会からぞんざいに扱われ、消えてしまったほうがいいのではないかと思いながらも、消えることこそが負けだと憤慨した、少年時代の怒りとも呼べる生命力が脈打った。

子供に何をした、轟。

知らず、木屋川の拳に力が籠もる。

「人体実験が行われていた。私も二回だけ見学をしたが、愉快なものではなかった。摂理に反している」

「摂理？　倫理じゃなくてか？」

「ホテルに倫理観なんてものはないだろう。お前は始皇帝《しこうてい》を知っているか？」

突然出てきた名前に困惑しつつ、木屋川は頭の中で世界史の教科書を開く。

「中国の、あの？」

「そうだ。秦国《しんこく》の国王で、現在の中国領土に匹敵する広大な土地を征服した、あの始皇帝だ。始皇帝は、自分のことを『真人《しんじん》』と呼び、周りにも倣わせていたらしい」

自分のことを「支配人」と呼ばせる轟みたいな奴だ。「どういう意味なんだ？」

「巨大な権力と、死なない身体を持っている、という意味だ。半分は本当、半分は願望だな。始皇帝は晩年、不老不死の方法を探し求めていた」

木屋川はやっと医師が何を言いたいのか、思い至った。

「轟も、死なない方法を探しているのか？　馬鹿馬鹿しい」

「全くだ。だが、轟の前でそう言った奴は豚に食われたそうだ」

それは比喩ではないのだろう。

「轟が《孤児院》で研究しているのは、死なない方法だ」

「あんた、冗談を言えるんだな」

生真面目な顔つきで、絵空事じみたことを言われると反応に困ってしまう。

お互い慣れないことはするものではないな、と医師がばつの悪そう顔をするのを待ってみたが、一向に撤回する気配を見せなかった。

木屋川は、轟が「不死身」という言葉に強く反応していたことを思い出す。ふっと、周りの温度が下がるような嫌な感じがした。

「本当の話だ。《孤児院》も轟の目的もな。まったく、笑えない話だ」

木屋川は、轟のことを傲慢不遜で冷血な人間だと思っていた。強欲が高級な服を着て、偉そうな顔をし、椅子にふんぞり返っているのだと。だが、そんな偉そうにしている人間が馬鹿げた妄想に傾倒していると知り、落胆した。もともと見損なうほど評価をしていないが、がっかりだ。偉そうな教師が女子高生を売春していたという話を聞くのと同じくらいの、がっかりだ。馬鹿じぇねえのか。

「轟が恐れているのは老いと死だ。細胞が入れ替わるように横浜には新しい勢力が増えている。お前もこの界隈《かいわい》にいるならば知っているだろう」

以前、森山《もりやま》だか森巣《もりす》だかという、若い男からスカウトを受けたことを思い出す。

「だが、轟はまだ五十とかだろ。老いを感じるのは早くないか？」

「問題なのは五十という歳《とし》だ。あいつの父親も祖父も、曾祖父も、それ以前もみんな五十で死んでいるらしい。それぞれが病気だったり事故だったり、恨みを買って殺されたりしているんだが、みんな五十で死んでいる」

「偶然だろ」

「それはそうだ。轟だって、子供の頃はそう思っていたはずだ。だが、父親が肺癌《はいがん》で死んだ時、不安の種に芽が出たんだろう。それが時と共にすくすく育ち、心を絡め捕られたんだ。『死にたくない』なんて執着を抱いている」

死にたくなくても、生き物は死ぬ。轟が命じ、俺が殺した相手も、「死にたくない」と思っていたはずだ。なのに、自分だけ「死」から逃れようとするのは、虫がいい話だ。

「轟の一族は、この実験をずっと続けている。お前は知らないと思うが、湊明町の未成年の行方不明者は、全国の五倍だ。その理由は、わかるな？」

考える間もなく、瞬時に理解した。

その、《孤児院》とやらで、轟が利用していたのだろう。

木屋川は、頭がかっと熱くなるのを覚えた。轟が下衆《げす》野郎だとは知っていたが、そんな奴の下で、十年もこき使われていたのかと思うと、自分自身も許せなくなる。

「轟は今、四十九だ」

「なぁ、俺は別に信じているわけじゃないが、謀反を起こさなくても来年死ぬんじゃないのか？」

「気持ちはわかる。が、最近嫌な噂《うわさ》を聞いた」

「まだ嫌な噂があるのか？」

「轟が、死なない方法を見つけたという噂だ」

それは、と木屋川は洩らし、最悪だなとうなずく。

「問題なのは、当の轟ができると思っていることだ。長崎県に世暮島という小さな島がある。そこでは人知れず秘術が行われていて、轟は取引をして自分も不死身にしてもらうつもりらしい」

「どうかしてるな」

そう口にしてから、木屋川はまた察した。なるほど、それで、謀反か。

「轟は暴君だが、同時にカリスマ性があった。ぶれず、倒れない、丈夫な奴だ。寄らば大樹の陰、という気持ちで轟の部下になる者は多い。だが今はどうだ。死に怯え、妄言を信じている」

「要は頼れる支配人が耄碌《もうろく》したから追い出そうってシンプルな話だな」

内部の状況がわかり、木屋川は少し肩の力を抜いた。

「木屋川、お前はどうするんだ。内輪揉めをしている今なら、逃げるチャンスではないか？」

「俺は」と口にし、考えを巡らせる。

医師の言う通り、逃げるのならば今が絶好の機会だ。だが、逃げた先で俺は生きていられるのだろうか？　謀反が失敗すれば追手が来るかもしれないという意味ではない。戦わず、逃げた先はこの町ではない。この町の人々もいなければ、飼う予定だった白い犬もいない。

だったら、やることは決まっている。

「ごたごたに巻きこまれるのはごめんだが、俺は存外この町が気に入ってるんだ。だから、その謀反に手を貸す。轟をぶっ殺して、この町で犬を飼って暮らす」

「それは、とても悪くないな」

「あんたはどうするんだ？」

木屋川が訊ねると、医師は驚いた顔をした。なんのことかと訝しんでいるようにも見える。

しばらくし、医師はひどく自嘲的に唇を歪め、ふーっと長く細い息を吐く。

「私は、この業界に長くいすぎた。ほしいものもやりたいこともない。それに、一応この病院にはごく稀《まれ》に普通の患者も来る」

「つまり？」

「私もここに残る。まあホテルのことは、どうでもいいがな」

俺も止めはしないし、医師を連れ出すつもりもない。わかった、と木屋川がうなずくと、医師は片眉を上げて木屋川の傍らにあるアタッシュケースに目をやった。

「ところでそれは何だ？」

「《薬局》にあったんだ。轟にこれも持ってくるように言われた。中身はわからねえんだが、金かもしれないから、置いてくか？」

「金ならお前が持っていけばいい。入用だろ。よこせ、確かめてやる」

「鍵はないぞ」

「開けなくてもわかる。ここは病院だぞ。お前の身体や頭だって、丸見えにできる」

怪訝に思いながらも、木屋川はアタッシュケースを医師に渡した。重いな、と顔をしかめつつ、医師が診察室を出た。木屋川も椅子を立ち、続く。隣にある部屋へ移り、レントゲンかと悟る。

医師が手際良く、機器にアタッシュケースを設置するのを眺めながら、金塊だったらどうやって換金しようかと、木屋川にしては珍しく楽観的なことを考えていた。轟はその、不死身ビジネスに一体いくら騙される予定だったのか。多ければ多いほど、ざまあみろという感じだ。

しかし、そんな木屋川の楽観は、鮮明に映し出された白黒の画像によって、吹き飛んだ。

「なんだこれは」

医師が声を震わせる。木屋川も覗きこみ、顔を強張らせた。

自分の人生で、これほどまでにはらわたが煮えくり返り、頭に血が昇る経験をしたのは初めてのことだった。

身体に比べて大きな頭蓋骨、丸まった背骨、そしてとても小さな腕や足も伸びている。映し出されたのは、人間の胎児だった。

21　椿

フリージャナーリストの椿正則《つばきまさのり》は、まさかという思いに襲われた。

長年追い続けていた人物と対面し、取材できるのが今日になるとは思っていなかったからだ。

椿はこれから、六鹿《むしか》なる人物にインタビューをする。メールアドレスや電話番号など連絡先はわからなかったため、六鹿と思しき女性が住んでいる邸宅へ足を運び、インターホンを押した。

六鹿が実在する人物なのか、彼女が自分がずっと探している人物なのか確信もない。

今日は挨拶だけ。本番は後日。

椿はそう考えていたのだが、すんなりと中へ通された。トントン拍子で客間へ案内されてお茶も用意され、六鹿なる人物と向かい合って座っている。

「はじめまして。私に聞きたいことがあるとか」

自分は幻影を追っているのではないか。六鹿なんていう人物はいないのではないか。空想から抜け出せなくなり、正気を失っているんじゃないかと自嘲した時もある。

だが、実在した。

対面した瞬間に肌が粟立ち、心臓が跳ねた。

間違いない、彼女だ。

六鹿は色が白く、澄んだ瞳をした女性だった。雪原や湖のような、静かで美しい景色に目を奪われるような気持ちになる。

椿はジャーナリストになってから、仕事で俳優やアイドルに何度か会ったことがある。こういう華のある人々は、自分と住む世界が違うのだろうなと感じていた。だが、五月女を前にすると今まで出会って来た人々が全て霞《かす》んでしまう。不思議な人物だな、と感想を抱く。

動揺が悟られぬよう、平静を装うため、一息吐く。

「あの」と声をかけられ、はっとする。

「すいません。私、シティニュースの椿と申します」

取材用に持ち歩いている、偽の名刺を渡すと、六鹿が目を細めた。微笑んでくれたような気がして、ほっとする。メディアに対して、信頼をするタイプのようだ。足を運んだのがよかったのかもしれない。

「『この町、この人』というコーナーがありまして、そこで町で活躍する人のお話を聞いているんです。結構人気でして、ハリウッドに盆栽を卸してる乃木《のぎ》さんをご紹介した時は国内外から大評判だったんですよ。ご存知ですか？」

「すいません、実は拝見したことがなくて」

「そうでしたか、すいません。えーっと、六鹿さんはこちらにいらして、まだひと月ほどですよね？　なのに、噂が聞こえてまいりまして」

「噂？　なにかしら」六鹿が小首を傾げる。

「全然悪いお話ではないですよ。とても魅力的なお方で、こちらのお屋敷を解放して、地域の方々の交流の場になさっているとか。人との繋がりが希薄な時代なので、大変素晴らしいなと感じております」

「私一人では手に余るものですから。実際、私は特に何もしていないんですよ。みなさんが盛り上げてくださっているだけで」

「私みたいな、人付き合いが苦手な人でも仲間に入れてもらうことは、大丈夫でしょうか？」

「勇気をもって、お越しいただけたら」

六鹿の言う通り、インターホンに出て客間へ案内してくれたのは彼女ではなく、エプロンをした中年女性だった。庭で花壇の手入れをしている人もいたし、キッチンからは焼き菓子の香りがする。屋敷の中は笑顔が溢れ、賑わっていて活気があった。危険な新興宗教、と疑うのはまだ早いだろうか。

「この町はいかがですか？」

「みなさん優しくて素敵な町ですね。海も近くて、夜景も綺麗ですし。以前、島でも暮らしていたことがあるんですけど、また味わいが違いますね」

「失礼ですが、六鹿さんはお仕事は何を？」

「こちらに来てからは、カウンセリングやアロマテラピーをしています」

「どうりで、お部屋から素敵な匂いがするわけですね。これは、ラベンダーですか？」

椿が感心したように、おおきくうなずく。

「ラベンダーは『香りの女王』と呼ばれるくらい、代表的な植物です。香りの成分は、リナロールと酢酸《さくさん》リナリル、リナロールには神経の緊張を沈める効果が、酢酸リナリルには精神を安定させる効果あります」

「なるほど」

「ラベンダーの香りを嗅ぐと脳が沈静したり、活性化したりするんですよ」

なるほどなるほどと椿は相槌を打ってから、あれ、と首を傾げる。

「おかしいですね。それは矛盾していませんか？　沈静化と活性化は逆では？」

「さすが記者さん、鋭いですね。濃度の違いで効果が変わるんです。他にも、ラベンダーには抗不安作用や幸福感の促進、傷を治療する力もあるんですよ」

「そうなんですか、知りませんでした。勉強になります」

植物に関して雄弁に語る六鹿に、椿は少し驚いた。

正直、この家に集まっているのは六鹿に気に入られたい人々で、カウンセリングなんてただの茶飲み話だし、アロマテラピーだって花やお香をたくだけだと邪推していた。花屋に立ち寄ったことがないような椿は、香りは香りだろう思っていたが、素直に興味深く思う。となると、案外ちゃんとしたことをしているのかもしれない。

お茶を一口飲んでから、ふっと鼻で息を吸ってみる。ラベンダーの優しい香りが頭の中を包んでいくようだった。脳は、活性化しただろうか。

さて、そろそろ、本題だ。

「ちなみに、世暮島では何をされていたんですか？」

椿の口から、「世暮島」という言葉が飛び出すと、六鹿はロイヤルブルーのティーカップを持ったまま固まった。

不思議そうに、椿を見やる。

自分がつかんでいた情報は、あながちガセではなさそうだと、椿は内心でうなずく。

「世暮島？」

「先程、おっしゃいましたよね。『世暮島でも暮らしていた』と」

「そんなこと言ったかしら」

「ラベンダーの香りの成分は、リナロールと酢酸リナリル、リナロールには神経の緊張を沈める効果が、酢酸リナリルには精神を安定させる効果がある」

「正解です」

「一度目にしたものや耳にしたことは絶対に忘れないんです。なので、間違いないですよ。私の友人に公安の人間がいましてね、彼からもこの記憶力は一目置かれているんです」

そう言って、椿は自分のこめかみをとんとん、と叩く。

「すごい特技ですね」

公安という言葉の反応を探ったのだが、六鹿は、それでも眉一つ動かさなかった。しかし、眉一つ動かさないほうが異常だ。間違いない、この女にはやましいことがある。普通は綺麗な顔に目がいくかもしれないが、彼女の中にとぐろを巻いている黒い気配を感じた。

「ありがとうございます。で、ですね。その世暮島では、怖ろしいことがあったんです。一晩にして、大勢の方が亡くなりました。何故かほとんど報道はされませんでしたけどね。あなたは、あの島にいた。違いますか？」

どうする、白《しら》を切るか？

椿が逃がすまいと見つめていると、六鹿は楚々《そそ》とした振る舞いを崩すことなく、うなずいた。どこか、嬉しそうにも見える。

「ずいぶん懐かしいことを聞きにいらっしゃったのね」

「本当なんですね」

「ええ、でも、ただ——」

「ただ？」

「私、さっき『世暮島』とは言っていませんよ。絶対に」

六鹿が不敵に笑う。どうやら楽しい時間になりそうだ。

第三章

22　木屋川

木屋川《きやかわ》が初めて人を殴ったのは、六歳の時だった。

近所のスーパーマーケットでの出来事だ。家にいても食事が出てこない。腹を空《す》かせて町をうろつき、小銭を探していた。生きるために何かを食べようと必死だったのだ。

そんな中、スーパーの店員に腕をつかまれた。

「盗んだものを返せ」

木屋川は万引きなんてしていなかった。そう主張しても、そばにいた大人たちは誰も仲裁に入ってくれない。遠巻きに眺めて楽しんでいる者さえいた。店員は木屋川の持っていたビニール袋を引ったくり、中身をぶちまけた。

中に入っていたのは、ガチャポンのケースただ一つだった。その中身は小銭だ。財布がないので、ケースに小銭を入れていた。
万引きは店員の勘違いにほかならない。それでも、店員は引っこみがつかなくなってい
た。恥のためだ。能無し、子供を犯人扱い、お騒がせ、あれだけ偉そうだったくせに、そ
うやって自分が新たな見世物になることが、店員には耐えられなかった。
「食いやがったな！」
木屋川が総菜売り場で商品を盗み、見つかる前に食べたのだろう、と情報を上塗りで捏《ねつ》
造《ぞう》された。
その主張に説得力が生まれたのは、木屋川の格好がみすぼらしく、体格が貧相だったか
らだ。盗み食いをしたに違いない、そう決めつけられた。
店員に店の奥へ連れて行かれたら問い詰められる、警察を呼ばれるならまだしも、両親
を呼ばれたら地獄だ。どんな暴力が待ち受けているか。
なので、木屋川は店員の顔面を、鼻を殴り、逃げた。
生きるために暴力は必要だった。
木屋川は暴力を振るう。命を奪う。間違っているとは思っていない。
そんな木屋川にもたった一つだけ、決して曲げてはいけないと信じていることがある。
大人は子供を守らなければならないということだ。
木屋川が轟《とどろき》から指示を受けて持ち出したアタッシュケースには、パッキングされた人

間の胎児が入っていた。当然、もう死んでいる。幼い命が失われたことへのやるせなさと、轟への憤りがないまぜになる。

轟は子供の命を道具のように使って、何かをしている。その理由は、「不死身」とやらに関係があるのだろうか。

だとすると、死ぬほど下らないし、死ぬほど許せない。

木屋川は、自分が《掃除屋》と呼ばれていることを知っていた。

ゴミ掃除を命じるのは誰か。轟だ。だが、その本人が一番のゴミじゃねえか。

「アメリカで、セレブが子供を食べて健康を維持している、という話を聞いたことがある」

「馬鹿な」と木屋川が声をあげる。

「セレブたちが、若返るために子供を食べている。それをアメリカの大統領が止めようと戦っている。数年前の大統領選挙でも流れていた陰謀論だ。当然、子供を食べても長生きなんてしない。が、轟はそんなオカルトに傾倒しているということだろう。この子を本当に食べるつもりなのか、どうするつもりなのかは知らんがな」

医師がアタッシュケースを撫《な》でた。眉に皺《しわ》を寄せ、不愉快そうに顔をしかめる。

木屋川は、自問する。

俺はこれから、どうするつもりなのか？

ホテルコーストの内輪《うちわ》揉《も》めなんて知ったことではない。好きに潰し合えばいい。

だが、この町からどんなに遠くへ離れても、子供の悲鳴が聞こえてくるのだろう。力も知恵もない子供を利用するクズどもを、どうしたって許すわけにはいかない。

「俺は、轟を殺す」

木屋川が宣言すると、医師はおもむろに机の引き出しを開けて、中から何かを取り出した。プラスチック製の小箱だ。ぱかっと蓋を開くと、細い注射器が入っていた。

「私はたくさんの人間を殺し、たくさんの遺体を解剖してきた。ブロック人形のパーツを付け替えすることと、同じくらいのことだ。おそらく、他人の痛みに対する共感や同情する力が低いんだろう。だから、この仕事は向いていた。不満はない。が――」

「が？」

「人間はみな、死ななければいけない。人間は他の生物と違って、食うか食われるか、絶滅するかしないかという環境で生きているわけではない。ならば、自分の出番が終わったら退場し、次の世代へ場所を明け渡すべきだ。轟の思想は、摂理に反する」

胡乱《うろん》な目をした木屋川が医師を見つめていると、医師は鷲鼻《わしばな》の頭を掻《か》いた。

「この注射を打てば象でも身体が動かなくなる。持っていけ。意外に思われるかもしれないが、私は轟が嫌いなんだ」

「それは、びっくりだ」

状況はわかった、目的も決まった。

あと二人、殺して自由になる。そのうちの一人は、轟だ。

口で言うのは簡単だが、実際は容易《たやす》いものではないだろう。そのことを木屋川は、重々理解している。轟に反旗を翻《ひるがえ》しているという連中がいる。それは構わないのだが、轟が謀反を把握しているのは不都合だ。セキュリティは厳重になり、俺も警戒されているだろう。

数人の顔が浮かぶ。屈強な体つきをした血の気の多い連中だ。轟の部下に自分より強い奴はいないが、多勢に無勢ということはあるし、武器を持ち出されると厄介この上ない。

伊森《いもり》は、どっち派なのだろうか。謀反を起こしている側なら良いのだが、轟側にいるのならば敵になる。

どうやって轟の懐に入るか。伊森ならば繋《つな》がるか。電話をしようかと思ったが、GPSを追われ、裏切り者として追われたら厄介だ。俺は轟に気を許してはいない。

轟の警戒心を緩めさせるために、手土産が必要だ。轟の命令通り、五月女《さつきめ》を迎えに行き、人質にする。轟と共に、命を弄ぶ商売をしているのならば、同罪だ。ついでに殺してしまえばいい。

計画を立てながらRV車を運転し、木屋川は五月女の屋敷へ向かった。

湊明《そうめい》駅前の商店街を抜け、T字路にぶつかる。左折し、坂の上を目指す。進行方向に存在感のある屋敷が見えてきた。カーテンをしていないのか、煌々《こうこう》と明かりが漏れている。以前にも、夜だというのにひと際眩《まぶ》しかったなと思い出す。

何故だかわからないが、今日は腹の底がざらつくような、嫌な感じがする家だと思った。

少し離れた場所に車を停車し、降りる。じきに夜の十時になる。太陽が分厚い雲で隠れている。だが、雨の匂いはしない。木屋川には、町全体に巨大な蓋がされたように思えた。

屋敷へ歩きながら、得体の知れない気色の悪さを覚えた。

目を泳がせ、それに気が付き、全身が怖気立《おぞけだ》った。

五月女の屋敷は坂の上にある。その坂の途中にある全ての家の前で、赤い薔薇《ばら》が咲き誇っていた。花壇が並べられているものもあれば、外壁や家の門にアーチを置いて薔薇で埋め尽くしているところもある。

真っ赤な薔薇が、さも当然であるかのように、町中で咲き乱れている。

地域の住民たちが、ただ五月女の真似をして花を育てているだけには、到底思えない。

これは、異様な光景だ。普通ではない。

轟もおかしいが、五月女もただのセラピストではないのだろう。

五月女を拉致して、この町で何をするつもりなのか吐かせる必要がありそうだ。騒がれても関係がない。乗りこみ、あの女を拉致する。

そう考えながら木屋川は歩を進めていたが、「おい！」という怒鳴り声が聞こえ、足が止まった。電柱の陰で大人たちが女を取り囲んでいるのが目に入る。

革のライダースジャケットを着た、切れ長の目をした女だ。

あいつは、朝比《あさひ》の先輩だと言っていたし、まだ子供だろう。木屋川は手を数回握り、剣《けん》呑《のん》な人の輪に向かって歩き出した。

23　夏目

朝比が屋敷に入り、五月女の写真を撮影する。それをあたしが見て、四木《しき》と五月女が同一人物か確かめる。朝比が戻って来なければ三十分後に連絡を入れ、「急用が」と言って出てきやすくする。

そういう計画だったのだが、朝比が五月女の屋敷に入ってから、すでに六時間が経《た》つ。もう夜の十時過ぎだ。夏目は電柱の陰に隠れ、屋敷のそばでうろうろとし、何度かスマートフォンに連絡を入れた。呼び出しているが、一向に出る気配がない。朝比は一体、中で何をしているのか。

当然、夏目《なつめ》も五月女の屋敷へ乗りこもうと思った。

だが、実行することができなかった。屋敷の門の前に立つだけで、身がすくんでしまう。身体が恐怖を覚えていた。この中にあの魔女がいる、そう考えるだけで悪寒に包まれ、奥歯が鳴ってしまう。

カメラマンの松江《まつえ》は、いい人だった。みんな小さい頃から知っているから、学校の行事の撮影の際に、彼が「笑って」と言うと生徒全員が自然な笑みを浮かべた。なのに、その松江は夏目の同級生の首を絞め、殺していた。

そんな松江も、神父に殺された。大勢の人が死んでいる教会で、神父は「なんてことを」と繰り返し、気が触れたように絶叫をあげていた。

その神父も、あの魔女に殺された。

あの魔女を殺すつもりで、あたしはこの湊明町に来たんだ。なのに――

力なく、電柱の陰に隠れていたら、いつの間にか地面に落ちる影が増えていることに気がついた。顔を上げると、そこには中年の男が三人立っていた。猿のように顔を真っ赤にした男と、土佐犬のように厳《いか》めしい顔をした男と、派手な緑色のブルゾンを着た男だ。猿、犬、雉《きじ》、三人とも、地域の住民だろう。

「おい！　お前だろ。家の周りをうろついてる不審者ってのは」猿が唾を飛ばし、喚《わめ》く。

「違う」

「んなわけないっしょ。何が目的なの」雉が鼻を鳴らす。

「この前、盗聴器が見つかった。手前《てめえ》がやったな？」土佐犬が吠《ほ》える。

盗聴器、なんのことか。夏目はもう一度、違うと首を横に振った。

「嘘《うそ》つくんじゃねえよ」

そう言って、土佐犬が腕を伸ばしてきた。夏目の肩が突き飛ばされ、背後の壁にぶつかる。

「絶対こいつだよ。ほら、今も何か持ってるかもしれない」

そう言って、夏目に向かって雉の手が伸びる。反射的に手を振り払うと、猿が「隠すんじゃねえ」と言って、夏目の顔面を殴った。

夏目の頬に、熱が生まれる。まさか、公道で、それも顔を殴られるとは思っていなかった。何故という気持ちと同時に、頭の中で記憶の蓋が開いた。

身体に張り付く湿度と、身体をびりびりと引き裂くような痛み、鼻の奥にこびりつくような血の匂いを思い出した。額に冷汗が浮かび、膝が震え始める。

夏目には、彼らの顔を見て察しがついた。

五月女に魅入られた者の顔をしている。

既に、始まっているのだ。

「ほら、正直に喋《しゃべ》ったほうがいいよ。じゃないと――」

そう喋っていた雉が、いきなり飛んだ。大袈裟《おおげさ》な表現ではなく、身体が横に跳ね、そのまま一メートルほど先で倒れた。何が起こったのかわからず、夏目が目を泳がせると、いつの間にか大柄な男が立っていた。体格が良く、岩のような体つきをしている。土佐犬じみた顔つきの男の顔が、可愛らしく見えるほどの形相だった。

どこかで見覚えがあると思ったが、今朝方、朝比に連れられて入った喫茶店にいた木屋川という男だ。

夏目は初めて、人間に対して鬼のようだと思った。

「お前ら、子供相手に何をしてる。おい、言ってみろよ」

「お、おれたちは」

そう口にした猿の顔面に、木屋川の拳が叩《たた》きこまれる。拳が、鼻を砕き、顔面にめりこんだように見えた。猿が、呻《うめ》き、悲鳴をあげながら、地面に転がる。

土佐犬の眉がハの字になる。木屋川が大きいだけかもしれないが、夏目には土佐犬の身体が縮んでしまったように見えた。

木屋川が間髪入れずに土佐犬に腕を伸ばそうとしたので、「待って！」と引き止めた。

拳が、土佐犬の鼻の頭でぴたりと制止する。

「朝比が中に入ったきり、六時間経っても帰って来ないいんだ。そいつに、連れ返すように言ってくれないか？」

木屋川は状況を把握できていないようだったが、夏目の必死さが伝わったのか、身を引いた。

「俺にはなんのことかわからねえが、お前わかるか？」

土佐犬が、ぎこちなく首を縦に振る。

「行け」

転がっている雉や猿のことは放置して、土佐犬は五月女の屋敷へと走り去った。

「五月女は、中か？」

「多分」

「じゃあ、乗りこんだほうが早いな」

「あんた、何をするつもりなの？」

「お前に関係があるか？」

ないけど、と夏目は首を横に振る。安っぽい黒スーツを着ているものの、木屋川には地面から生えた決して倒れぬ巨木のような迫力があった。安心感、と思えないのは、五月女とはまた異なる物騒な気配を放っているからだ。

ふと、夏目の中で考えが過《よぎ》る。

彼のような強い力があれば、五月女を倒せるのではないか？

すぐにその考えを打ち消すように、かぶりを振る。

「あの魔女を殺すのは、このあたしだ」

口から言葉がこぼれた。

「魔女？」木屋川が、ゆっくりと首を傾《かし》げ、夏目を見下ろす。

頭の中で辞書を捲《めく》り、【魔女】という言葉の意味を探しているように見えた。

「なんだそれは」

　この人なら、もしかして。そう感じた夏目は望みをかけて口を開いた。

「信じられないかもしれないけど、聞いてほしい」

24　木屋川

　夏目の口から飛び出た「魔女」という言葉には、妙な引力があった。頭の中や鼻の奥で漂い、口の中でいつまでも尾を引くような、甘い不思議な響きのある言葉だった。

　夏目の口から何が語られるのか気になり、説明を待つ。

「あの屋敷にいる五月女という女は、世暮島《せぼじま》という小さな島にいた。あいつが来てから、家族みたいだった島の人たちが殺し合いをして、大勢死んだんだ」

　殺し合い。

　木屋川は何故、夏目の話を聞こうと思ったのかがわかった。それは、仕事で感じる死の気配が夏目からしたからだ。夏目の心の扉が開き、冷気が漏れてきたようにも感じる。

「親兄弟、友達、先生と生徒、みんなが疑心暗鬼になって、殺し合いをした。島が人間じゃない何かに乗っ取られている。馬鹿げていると思うけど、大半の人間がそう思いこんだんだ」

人間ではない何か。木屋川は眉をひそめる。

「それで魔女か」

夏目が背負っているボディバックを開けて中から、丸めた大学ノートを取り出した。

「焼け落ちた水野原《みずのはら》美樹《みき》の家で見つけた。魔女についての考察が書かれてる」

木屋川が受け取り、ページを捲る。話の通り、ノートの一部が焼けて焦げている。茶色く変色した部分や、もう判読できないところもあった。紛れもなく、何かがあったということ、そして書いた人間の熱量を感じる。止めハネのしっかりした小さな文字が、びっしりと並んでいた。

『――『天路歴程《てんろれきてい》』にもあの魔女が――人を永遠の責め苦へ導くだけでなく、この地上における人間の社会的不安、心理的平静心を――支配者と民、親と――近所の者同士、夫と妻、肉体と心の間に諍いを起こす。催眠と幻覚による心の掌握――』

そこには確かに、「魔女」という言葉が見受けられた。焦げ落ちて読めないところもあるが、書いた人間の熱量を感じる文字の数だった。

「美樹さんは四木、つまり五月女の家に入り浸っていた。島が変わっていくような違和感を覚えて、調べていたんだ。最後のページには『人間をなめるな』、そう力強く書いてあった。美樹さんは気づいてたんだ。それで一人で立ち向かおうとしていた」

夏目が言い淀《よど》み、ひどくうつろな顔をしてから、説明を続けた。

「ノートによると、魔女は人の心を操ることができる。人の心を惑わせて、自分と契約を結ばせる。そうしたら、もう終わりだ。奴隷として、死んだように生きることになる」

確かに五月女の周りには、常にたくさんの人がいる。引っ越してきてひと月ほどだというのにすっかり町の中心人物になっていた。

ペチカや町のあちこちで、五月女を話題にしている者が多い。地域活動や自警団だって、五月女が来なければあんなに熱心にはやっていないだろう。町の人々をまとめ、自分がコントロールするためだ。

夏目の語る魔女云々《うんぬん》に関しては世迷言だと聞き流しているが、心を操るであるとか誘導するであるとか、そういう点には詐術らしき胡散臭さを感じた。

「世暮島でも、あいつと関わった人たちが別人みたいになった。優しかった駄菓子屋のおばあちゃんは子供をボウガンで撃った。クラスの委員長だった同級生は、不真面目な生徒を消火器で殴った。そして、最後はみんなが家に火を放って、島中が燃えた。だけど、ノートで気になったのは、心を惑わせることだけじゃない」

言葉が途切れ、木屋川が「なんだ？」と訊《たず》ねる。

「魔女は死なない」

ちょうど同じタイミングで、手にしたノートに同様の文言を見つけていた。ノートから飛び出た何かが手を、腕を這《は》い上がって来るような気色の悪さを覚える。

「魔女は、人間の身体を乗り移る術を知っている。そう書いてあるだろ」

人間の身体を乗り移る。

その言葉を耳にし、胸がざわついた。

確かに、夏目の言う通りのこともノートに記述されている。不死身、身体を乗っ取る、どれも聞いたことがある。もしや、轟がオカルトに傾倒しているのは、五月女に騙《だま》されているからではないか。

五月女の詐術、不死身、轟の耄碌《もうろく》。自分の周囲に得体の知れない靄《もや》が漂い始めている。

「身体を乗り移る術というのはどういうことだ？」

「ノートに書かれていないことはわからない」

五月女は一体、この町で何をするつもりなのか。轟を騙して金を巻き上げようという魂胆なのだろうか。木屋川が思案していると、夏目が説明を重ねた。

「考えてることはわかるよ。死なない相手をどうやって殺すか、だろ。奴らは人に知られてはいけない、本当の名前があるんだ。本当の名前を知られたら、相手に服従することになる。呪術でも陰陽師にもエクソシストにも共通していることだよ。で、あたしはその名前を知っている。焼け落ちた家の中から――」

「話はわかった」

耳を傾けていたが、木屋川は魔女だなんだという話は信じていない。そろそろ五月女の家へ乗りこむかと話を遮ったその時、屋敷の中から、ぞろぞろと大人たちが現れた。ペチカで見知った面々もいれば、初めて見る顔もいる。朝比もいた。

「朝比！」

夏目が声をあげたが、朝比は夏目を一瞥《いちべつ》するだけで、そのまま集団の中から出ることもなく、立ち去ろうとしている。

木屋川が気になるのは、朝比の対応ではなく、彼らに緊張感が漂い、表情が固く、使命感を漲《みなぎ》らせていることだった。

夏目が朝比に駆け寄り、「大丈夫か？　待ってたんだぞ！」と大声をぶつける。

すると、朝比は険しい顔つきで口を開いた。

「まだいたんですか。夏目さんに構ってる暇はないんですよ。これから探しに行かないといけないので」

静観していたが、朝比の口から続く言葉は、木屋川の予想外のものだった。

「咲千夏《せちか》ちゃんがいなくなりました」

25　赤木

赤木《あかぎ》はレジ締めをしながら、傍らに置いているスマートフォンをちらちらと確認した。

時間は既に夜の十時を過ぎている。朝比がシフトに入っているのに、今日は一体どうしたのか。連絡もないし、返事もない。

おれも昔は、アルバイトをうっかり忘れることはあったが、朝比の無断欠勤は初めてだ。

一ヶ月前、三国《みくに》の娘がいなくなった時、それなりに騒ぎになった。帰りが遅いくらいのことで、と思っていたが、おれが時代錯誤だったのかもしれないと今は反省している。なので、朝比が何かに巻きこまれたんじゃないかと、少し心配になっていた。

赤木がそんなことを考えていたその時、店の入り口の扉が開く音がした。

朝比か？　と目をやったが、現れたのは朝比は朝比でも、父親のほうだった。ベージュ色のジャケットを着ており、今日はなんだか険しい表情をしている。

あれ、と赤木の眉が上がる。

思えば店の自動扉はオフにしたはずだ。ということは、こじ開けて入っていたということになる。朝比の父親だけではなく、男性が二名いた。太った眼鏡をかけた男と、のっぽの男だ。

「咲千夏はどこだ！」

どうしたのかと訊ねるよりも先に、太った男が怒声を放った。店が震えるほどの大声だ。

「なんなんだよ。咲千夏がまたいなくなったのか？」

「そうだ。帰ってきていない。赤木さん、あんた何か知ってるんじゃないか？」

朝比の父親に訊ねられたが、赤木は首を横にぶんぶんと振った。

「知らねえよ。ここには来てねえ」

のっぽが店をうろつき、戻って来るなり棚に陳列しているソフトのケースに手をかけて、床に勢いよく撒《ま》き散らした。

「おい、何すんだ！」

「うるせえなあ。お前さあ、じゃあ、犯人が誰か教えろよ。知ってんだろ？」

「犯人って、なんだ。事件に巻きこまれてるのか？」

「二度目なんだぞ。なんかあるに決まってるだろ。吉野《よしの》さん家の娘さんだって見つかってねえんだ」

「赤木さん、何か心当たりがあるんじゃないかい？　早く教えてほしい」

「知らねえっつうの。なんで俺が――」

「変態が来てるんだろ？」

「変態？」

朝比の父親の口から突然出て来たその珍奇な言葉を、赤木は上手くキャッチすることができなかった。

「お前の親父の代には、裏ビデオがあったそうじゃないか。中にはもっと危ないものもあったんだろ。児童ポルノも」

赤木は、すぐに反論することができなかった。

それが、ほぼ事実だからだ。

父親の代の話だ。個人経営のレンタルビデオショップで、裏ビデオも扱っていたらしい。どういう映像を取り扱っていたのか、赤木は知らない。子供を性的搾取したものもあったのかもしれない。

代替わりする際に、父親は店を綺麗にした。店に残っている資料から、何かがあったとは知っている。だが、赤木はそのものや、客の情報は全く知らなかった。

「ほら、言葉に詰まってるぞ。あるんだろ！　言えば許してやる。客は誰だ！」

「知らねえ。本当だ」

「だったら、今ロリコンビデオを借りてる奴を教えろよ。いるんだろ？」

のっぽが棚を両手でつかみ、そのまま横になぎ倒した。重いスチール棚が、呆気《あっけ》なく倒れ、けたたましい音が響く。血や内臓を吐き出すように、ばらばらと、ケースが床に散らばった。

おれの店の映画に何をしやがるんだ。赤木の頭に血が昇り、のっぽに飛び掛かろうとしたが、呼吸が苦しくなった。鈍い痛みが、鳩尾《みぞおち》のあたりで広がる。

太った眼鏡男が、無表情のまま傍らに立っていた。殴られた、と気づいたと時には、二撃目が後頭部に打ちこまれた。がくんと脳が震え、身体が地面に倒れる。

「奥に連れて行きましょう」

そう言ったのは朝比の父親だった。両脇を捕まれ、ずるずるスタッフルームへと引きずられていく。防犯用のために置いていた木製のバットをぶんぶんと振っているのっぽが目に入った。

スタッフルームに押しこめられ、壁に向かって放り投げられる。

そこに立っている三人の顔を見て、赤木はぞっとした。この状況を楽しんでいる奴が一人でもいたら、まだよかった。こいつらは悪人だ、と納得できるからだ。

なのに、全員が自分たちは間違っていない、と言わんばかりの必死な顔をしていた。

「誰がやったか、言え」

赤木に向かってバットが振り下ろされる。

26　木屋川

咲千夏が家に戻っていないらしい。これで二度目だ。

轟を殺すために五月女を人質にしよう。木屋川はそう考えていたのだが、それどころではなくなってしまった。

子供は助けなければならない。

前回迷子になった直後、三国は子供用のスマートフォンを購入して咲千夏に持たせていた。木屋川が助言したからだ。正確には木屋川が伊森に世間話として話題にしたら、キッズケータイなるものを教わり、そのことを三国に伝えた。

GPS機能付きなのでどこにいるか確認できるらしく、咲千夏はどこで覚えてきたのか店内で「プライバシーの侵害だね」とか「憲法違反だよ」と口を尖《とが》らせていて、木屋川は苦笑した。

なのに、だ。

木屋川が急いでペチカへ向かうと、店の中には三国が一人で座っていた。

ボックス席に座り、祈るように両手を組んでいる。

扉を引くとドアベルが鳴り、三国が顔を上げた。目の周りが赤くなり、泣き腫らしたのがわかる。現れたのが咲千夏ではなく、木屋川だとわかると失意に染まった。

「咲千夏がいなくなったと聞いた。大丈夫か？」

「わからない。でも、また見つかって帰ってくると思う」

「GPSは」

「エラーだって。なんのためのキッズケータイだっつうの」皮肉っぽく、頬を歪《ゆが》めて、三国は初めて暴言を吐いた。「クソ」

壁に掛かっている時計を確認する。時刻は夜の十時半だ。部屋の時計の針が動く音だけが響いていて、それが無機質で、無感情で、淡々としていて怖ろしい。このまま咲千夏が見つからなかったら、という考えが過ってしまう。

　咲千夏も、三国も、自分も同じだ。時は平等に流れ、追いやられていく。最終的に行きつく先は崖になっており。落下するしかない。

　暴力では対抗できない理不尽な運命、それが死なのだ。死は、終わりだ。

「木屋川君って、なんでラインをしてないの？　みんなで連絡を取り合ってたんだけど」

「連絡を取る相手がいないからだ」一体なんの話なのか。

「友達は？」「いない」

「一人も？」「いない」

「やっぱり、普通じゃないよね、木屋川くんは」

　三国の言葉には、棘《とげ》があった。その棘が、木屋川の心の脆《もろ》い部分に、ちくりと刺さる。

　俺は、普通ではない。知っている。

　だから、そっち側に行きたいのだ。

「木屋川君の仕事って何？」

「ホテルの掃除だ」対外的には、そう言うことにしている。

「嘘でしょ。もっと、危ないことをしている。違う？」

　違う、とすぐに返事ができなかったのは、どうして三国が自分を疑っているのかを知りたかったからだ。

「木屋川君は、ホテルの支配人の轟の下で、汚れ仕事をしてる」

「誰から聞いた」

木屋川の質問を無視して、三国は話を続ける。

「これから、みんなでホテルコーストへ乗りこむから。それで、咲千夏を助ける」

「咲千夏がホテルコーストにいるのか？」

「とぼけないでよ、轟が何をしてるか知ってるんでしょ」

「何をしてるんだ」

「子供を」三国はそう口にしてから、唇をわなわなと震わせた。口にするのもおぞましい、と怯《おび》えているようにも怒りに震えているようにも見える。

「食べてる。アメリカのセレブもやってるんだって」

轟はおぞましいことを実際にしているかもしれない。だが、木屋川がそう思うのは《病院》で胎児を見て、医師から話を聞いたからだ。

普通であれば、馬鹿馬鹿しいと一笑に付してしまうのではないか。子供を食べるなんて童話の狼《おおかみ》ではあるまいし、三国がどうしてそんな話を鵜呑《うの》みにしているのか木屋川には理解できず、困惑した。三国は、客の会話にどんな話題でも対応できる、賢い人物だったではないか。

「宇田《うだ》さんがそう言ってた」

「宇田？　宇田と喋《しゃべ》ったのか？　あのクズ野郎が店に来たのか？」

口にしてから、はっとする。宇田は轟から五月女のことを調べるように言われて動いていた。五月女の屋敷へ潜入し、そこで三国と知り合っていてもおかしくはない。

「宇田さんのことを悪く言わないで。宇田さんは、咲千夏のことを必死に探してくれてる。木屋川君と違ってね」

「俺だって探している」

「今まで轟の仕事をしてたんでしょう？　宇田さんは、咲千夏のために、轟を裏切って調べて、それで教えてくれたの」

《薬局》へ赴《おもむ》き、殺されかけたことも仕事の一環と言えばそうだが、そのことを説明できないし、したところで信用はされないだろう。木屋川は抗弁しようにも、何をどこから説明したらいいのかがわからなかった。自分と違って、宇田はぺらぺらと言葉巧みに人の懐に入りこみ、三国や他の住民たちと親しくなったのだろう。

悔しさで、大声をあげそうなるのをぐっと堪《こら》え、一生懸命言葉を探す。

「俺は、あんたの店が好きだった。みんなが、素直でいられる場所だと思ったからだ。気に掛け合いながら、話をして、助け合う。ここがいい町なんだって初めて思えた。俺は、みんなに認めてもらえて嬉《うれ》しかった。仲間に入れてもらうのは、初めてのことだったんだ。俺は俺なりのやり方で、この町を守ろうとしている。宇田と五月女のことは、信じるな」

自分に言えることはなんなのか。精一杯の気持ちを述べたつもりだ。だから、受け取ってほしい。気持ちが届いてほしい。俺は三国と一緒にいた間、この店にいた間、町の人間たちと一緒にいた間、普通であろうと努力をした。

自分と三国の間には、細くともちゃんと伝わるものがあるんじゃないのか。短い間だったが、話もしたし、一緒に過ごした時間があった。木屋川には、それがとても大切な時間だった。俺たちは、通じ合うことができるはずだ。

「木屋川君、うちの店によく来てくれたよね。咲千夏のことも気にかけてくれたし、五月女さんの家へもついて来てくれた。キッズケータイのことも教えてくれたよね」

「ああ」

「わたしが、木屋川君のことをどう思ってたかわかる？」

三国が一度言葉を止めてから、ゆっくりと口を開く。

「家族面するんじゃねえよって思ってた」

言葉を失う木屋川に、三国が説明を重ねる。

「木屋川君が危ない仕事をしている人なのかもなっていうのは、みんな薄々わかってた。みんな言葉にはしなかったけど、困ったなって思ってたんだよ。でも、面と向かってあなたに『もう来ないで』って言えるわけない。そんなことも、わかってなかったでしょ」

　何故か。三国が木屋川の頭からつま先までを眺める。そこにいるのは、柄の悪い大男だ。因縁をつけたら、何をされるかわからない。

「宇田さんから、あなたが子供の時に両親が蒸発したこととか借金を背負わされたこと、それで轟の下で働いていることは聞いたよ。もうすぐ借金が返済できるみたいだから、普通になれるって思ってるみたいだね。でもさ、そんなの虫が良すぎるでしょ。普通じゃないことを散々してきたくせに。境遇に同情はするけどさ、罪のある人間が、はい今日から普通の人間です、なんて許されないよ。そんなに普通になりたきゃ、もっと前から仕事を辞める努力をすればよかったよね。あるはずだったよ。ちゃんと考えたの？　あなたは、わたしたちと出会って、取りこぼしたものが今更惜しくなったんだよ。勝手に心配してるけど、あなたはわたしたちを利用してるだけだからね。心配して、アドバイスして、何様だよ。わたしは認めないから。人生には取り返しがつかないことはあるよ。あなたは一人で生きてきたんだから、一人で死んで。わたしたちを巻きこまないで」

　心臓を、冷たい手で握りつぶされるようだった。

　ぐしゃり、と胸の中で音がする。

　お前は一人だと告げられ、身体が芯から冷たくなるような、ぼうっとしてしまうような寒さを味わった。

だけどそのことを、このうつろな気持ちを、胸の痛みを、誰とも共有することができない。

これが、孤独なのか。

自分と三国の間には、大きな断絶がある。決して気持ちが交わることはない。

木屋川は、何も言い返すことができなかった。

三国の言っていることは、間違っていない。

俺は三国たちと交流を持ってから、汚れ仕事をしていない人生だったらと今更惜しいとも思っている。その気持ちは日に日に強くなっていた。普通に生きられそうになったから、という理由で勝手に他人を巻きこんでいる。人に慕われ、社交的で、家族がいる三国を羨んでいたのも事実だ。

この町で三国たちと暮らせたらと思っていた。それで、普通を超えたあたたかいもの、幸せへ近づけるのではないかと感じていた。

だが、俺は誰とも幸せになれない。

始まりから向きを間違えていたのだ。

もう、取り戻せない。

普通、こんな時はどんな顔をして、何を言えばいいのだろうか。木屋川にはそれがわからなかったので、背を向けて店を出た。

27　夏目

始まっているのか、これから起こるのか。

夏目は、朝比を巻きこんでしまったことを後悔しながら、逃げるように五月女の屋敷から離れた。

魔女が目の前の屋敷にいる。ならば、中に乗りこみ、対決するべきだった。

なのに、それができなかった。

屋敷からは険しい顔をした大人たちがぞろぞろと現れ、朝比と共にどこかへ消えた。今ならば手薄だ、そうわかっていたはずなのに、門の前に立つだけで、夏目は悪寒に包まれた。冷汗が浮かび、動悸《どうき》が激しくなる。腹の底をぐにぐにと突《つつ》かれているような緊張と、立っていられないほどの目眩《めまい》がした。

この中にいるのは、本当は四木ではないのかもしれない。四木と五月女が同一人物か、それさえ確かめられたら自分は乗りこめるのに。そんな言い訳が目的の邪魔をする。木屋川を頼りたかったが、気づいた時には姿がなかった。そのことに、どこかでほっとしている自分が嫌になる。

夏目は肩を落とし、朝比のアルバイト先のレンタルビデオショップへ向かった。あの、赤木と言う男に協力を頼もう。写真を撮影してもらい、確信を得たら、あたしはちゃんと行動できるはずだ。

街灯やマンションの廊下から明かりが見えるけど、町全体が眠ってしまったように静かだ。人の気配がなく、見て見ぬふりでもされているような冷徹な印象を受けるし、家々の前に並んでいる花壇の薔薇は、不甲斐ないあたしを嘲っているように見えた。

不安を追い払うように足を動かし続けていると、朝比のアルバイト先のレンタルビデオショップが見えてきた。赤木の趣味のアクション映画のポスターが壁一面に貼られていて、緊張感がない。

今朝、通学する朝比と別れてからしばらくの間、居させてもらった場所だ。勝手知ったるというわけではないけど、リラックスできる空間だった。店長の赤木は「ワケありか。面倒はごめんだぜ」と口にしていたが、茶菓子を用意してくれたので言いたいだけだったのだろう。

だけど、近づくにつれて夏目の表情が固まった。入口の自動扉が、わずかに開いている。閉め忘れ？　泥棒？　確かめなければと駆け出しそうになったが、足を止める。顔を引き締め、唾を飲みこむ。慎重に行こう。息を止めてそっと中を覗《のぞ》きこんだ。照明はついていない。それに人が動く気配もない。

店の外から差し込む光が店内の様子をわずかに浮かび上がらせた。

夏目が目を見張り、言葉を失う。

ビデオやディスクのケース、店の商品が床に散乱していた。大地震の後のような荒れっぷりだ。だけど、そんな覚えはない。

つまり、明確な悪意を持った誰かがやったのだ。

泥棒かと思った。だけど、だったら荒らす必要はないはずだ。

足音を殺して店内を移動する。床に転がるスピルバーグやイーストウッドの映画を尻目に店の奥へ奥へと進んだ。

『ＳＴＡＦＦ　ＯＮＬＹ』

そう書かれた扉が現れる。

何故だろうか。夏目には、この先でひどいことが起こっているという確信があった。懐かしい嫌な匂いが、向こう側から漂ってきている。それは人の悪意が放つ、強烈な匂いだ。

悪い予感がする。

それでも、夏目はドアノブに手をかけて、ゆっくりと開けた。

ガタンと、ものが落下する音が鳴る。パソコンデスクとロッカーがある程度の狭い部屋で、何かがもぞもぞと動く気配がした。呻き声が聞こえる。スマートフォンのライトを向けた。

「赤木さん！」

照らされた先には、赤木が倒れていた。身を守るように、うずくまって丸くなっている。自分はここにいる、と訴えるような細い声が赤木の口から漏れ聞こえる。夏目は慌てて部屋の照明をつけた。

蛍光灯が映し出したのは、変わり果てた赤木の姿だった。

28　木屋川

ペチカを出た木屋川は、自分のＲＶ車に乗りこんだものの、エンジンをかける気力もなく、ぼうっとフロントガラスを眺めていた。見えるのは、闇だ。

どこへ向かえばいいのかもわからず、エンジンをかける気も起きない。

仕事をすれば、借金を返せば、まともな人間になり、普通の生活を送れると思っていた。三国の言う通り、俺は轟に従うことで考えることをやめていた。働いたら解放される以外のことを、想像しなかった。俺はああはなるまいと思っていた自分の両親のような想像力のない人間だったのだ。

俺はもう絶対に、普通にはなれない。

『普通、あんたの仕事はみんなやりたがらない』

『俺だってやりたくてやってきたわけじゃない』

『でも、別に絶対嫌だっていうわけじゃなかったでしょう』

ペチカで伊森と話したことを思い出し、木屋川は思わず苦笑した。

なんだよ、ふざけんなよ。

俺は勘違いをしていた。

俺は昔からどうかしていたんだ。

俺のポケットはもともと破れているから、ずっと空っぽなんだ。人にかける優しい言葉なんて持っていないし、これから先も持てないのだ。

優しさも普通も、俺にはない。たくさんのものを奪ってきたくせに、何も持っていない。

俺は、ずっと輪の外にいた。今更、仲間には入れてもらえない。

俺は一体、何者だ？

何かを奪うことしかできない、他人を不幸にして生きる、人間以下の生き物だ。

胸の内で、ふっと蠟燭《ろうそく》の炎が消えるような、静かな終わりを覚える。


そんな中、ぶぶぶ、ぶぶぶぶと短い振動音が響いていた。木屋川が内ポケットからスマートフォンを取り出す。

『もしもし？　木屋川、あんたどこにいんの』

「伊森か」

『わたし以外の誰があんたに連絡するっていうの。あんたさ、支配人と何かトラブってる？』

「わからん」

『しっかりしてよ。こっちはごたついて相当やばいんだって。どこにいんの？　ねえ、あんたなら──』

このまま眠ってしまいたかった。何もする気が起きない。

「俺は、普通じゃない。普通にはなれないんだ」

木屋川がそう伝えると、伊森の態度が変わるのがスピーカー越しの息遣いから伝わってきた。

『ちょっと、大丈夫？　何かあった？』

「話をしたくない」

ガキみたいなことを、と伊森が舌打ちをするのが聞こえる。

『あんたは向いてるって思ってたけど、やっぱり向いてないね』

「わかっている。俺は普通じゃない。だから、普通に生きるなんて無理だ」

『違うって。あんたはね。図体がでかいわりに意外と繊細なんだよ。面倒臭いなあ。あんたは、何もわかってない。喫茶店のメニューで同じものを頼むのは、選べないからじゃなくてナポリタンとコーヒーを気に入っているからなわけ。感情がないみたいな仏頂面をしてるけど、子供が絡むとむきになる。わたしに隠してるけど、こっそり家で勉強してる努力家で、あんたも普通の人間だよ。っていうかね、普通普通って、普通をなめすぎ。みんなが普通を普通にできると思ってるわけ？　みんな一生懸命、自分の普通を守るために生きてんの』

電話越しだというのに、木屋川は胸ぐらをつかまれ、往復で打《ぶ》たれているような気分になった。

伊森が喋っていることを、全て理解できてはいない。ただ、取りこぼしてはいけない何かを丁寧に渡そうとしてもらっているということはわかった。そのことだけは、ちゃんとキャッチできた気がする。

『クーデターが起きてるんだよね。宇田が煽《あお》ってるっぽくてさ、あのゴミはろくでもねえよマジで』

「すぐに行く」

『来なくていい』

ぴしゃりと言われ、木屋川は思わず目をしばたたかせた。

『本当はあんたを呼んで鎮静化してもらおうかと思ってたんだけど、やっぱり来ないで。あんたね、ガタがきてんだよ。平気なふりをしても、心がぶっ壊れてる。心がぶっ壊れたら、終わりだよ。わたしはもう終わってる。でも、あんたはまだギリギリそっち側にいる。

こっちのことは、わたしがどうにかするよ。だから、あんたは好きにいきな』

ぷつりと通話が切られた。

つー、つー、と途切れた音が耳に残る。

俺は普通じゃない。きっとこれから先も、普通に憧れながら、他人との間にある溝を超えることはできないのだろう。

だけど、それとこれとは、別の話だ。

これからも生きるのならば、逃げるわけにはいかない。

それは誰のためでもない、俺の生き方のために。

考えろ。想像力を働かせろ。どこへ行き、何をする？

轟は不死身の妄想に浸っている。伊森の口振りだと、轟へのクーデターの首謀者は宇田だった。ならば、クーデター側の味方もできない。どちらも敵だ。

木屋川は車のエンジンをかけると、シートベルトを締めてアクセルを踏んだ。

フロントライトが、暗闇に道を切り拓《ひら》く。

俺は何がしたい？

俺はあの白い犬を飼って暮らしたい。

だが、その前に咲千夏も助けなければならないし、轟も殺さなければならない。

行き先は決まった。

29　夏目

赤木の顔が熟れたざくろのように、腫れ上がっている。鼻からは黒い血が溢《あふ》れ、Tシャツを汚していた。左目が開かないのか、顔が歪《いびつ》な形に変わり、ひゅ、ひゅ、と懸命な呼吸音がする。

夏目が瀕死の赤木に駆け寄り、もう一度「赤木さん！」と声をかける。すると、赤木は驚いた様子で痙攣《けいれん》した。怯え、逃げるように、腕で顔を隠す。動いたせいで身体が痛むのか、悲鳴をあげてのたうった。

「あたしです、夏目です」

赤木が、おそるおそる腕の隙間から顔をのぞかせた。夏目を認め、「おぉ」と声を洩《も》らす。「どうしたんだよ」

「そっちがですよ。何があったんですか」

「三国んとこの娘がな、またいなくなったらしいんだわ。そうしたらな。痛《いて》ぇな、ちくしょう」言いながら、赤木がもぞもぞと身をよじり、壁に背をつけるように座ろうとする。

夏目は手を伸ばしたが、払われた。身体のどこもかしもが痛むから、触られたくないのかもしれない。

赤木が何かを言いかけて、床に血液の混ざった痰《たん》を吐いた。そのすぐそばに、何か塊がある。壊れた眼鏡にしては、サイズや形状が違う。異物を凝視し、夏目の頬が引き攣《つ》った。

「おれの右耳だ。踏まないでくれよ」

咄嗟《とっさ》に目を背け、壁を見る。そこにも、飛び散った血痕があって悲鳴をあげそうになった。部屋中に暴力の熱が残っていて、息苦しさを覚える。

「三国の娘を探しに、男たちが三人も来た。知ってる奴もいれば、そうじゃねえ奴もいた。あいつらがな、俺は犯人を知ってるはずだって絡んできた」

「赤木さんが？　なんで？」

「ここはアダルトビデオも置いてる。だから、ロリコンを知っているはずだってな」

誘拐とロリコンとアダルトビデオとレンタルビデオショップ、それらの言葉が頭の中で繋がらない。組み合わないパズルを渡され、夏目は困惑する。法を破ってでも欲を満たしたいような人間が、この店の商品で満足するとは、到底思えない。

大人がそれすらもわからないのか？　本当に？

そんな疑問が生まれたが、きっともう、そういうことを疑問にも思わなくなっているのだろう。夏目は世暮島でのことを思い出した。カメラマンの松江は学校を専門にしたカメラマンだった。なので、男子児童が行方不明になった際に、真っ先に疑われていた。子供のそばにいる人物で未婚だった、それだけの理由でだ。

もう、始まっているのだ。

「子供みてえな女優が、いやらしいことするのもあるぜ。だけど、そいつが三国の娘を連れ去るかどうかは別だろ。子供でもわかることを、あいつらは『黙ってるお前もグルなんだろ、本当のことを吐け』って、ぼかすかやりやがって。殴ったら、正直になると思ってんのかね。っていうかな、これは、あれだ」

「あれ？」

「魔女狩り」

魔女、という言葉に夏目の背筋が凍った。

「親父の代ではな、裏ビデオも扱ってたらしい。あいにく俺はそういう趣味がねえし、親父と代替わりする時に一掃した。裏ビデオを借りてた客が、あん中にいたんだろうな」

「自分が借りてたのがばれるのが怖くて、やったたってわけ？」

なんで今？　そう疑問に思ったが、咲千夏が行方不明だからかと思い至る。

「俺や仲間たちから、『お前がやったんだろ』って言われる前に、俺を潰しにきたんだ。自分が魔女だって密告されて殺される前に、誰かを告発するのと同じだな。あー、痛ぇ、耳ってくっつくのかよ」

子供を性欲の捌《は》け口にしていた大人同士で牽制し合うために、赤木が襲われた。ここはもう、彼の知っている町ではなくなってしまったのだ。

ここはもう、魔女の町だ。

だけど夏目は、はたと気づくことがあった。もし、彼らの行動原理が赤木の言う通りであるならば、起こっていないとおかしなことがあがる。

「ねえ赤木さん、おかしなことを訊《き》くんだけど」

「なんだよ」

「どうして助かったの？」

夏目が質問をぶつけると、赤木の表情が曇った。

赤木はしばらく黙りこんだ後、ゆっくりと顔を上げて夏目を見た。「殴られて、蹴られて、耳を切り取られている間、思ったんだ」深い穴を思わせるような、ぞっとするほど暗い目つきをしている。

「こいつら全員死にゃあいいってな」

心の奥底から響くような声色だった。

「誰を差し出した？」

「ホテルコーストが、裏でやばい仕事をしている。そういう噂《うわさ》を聞いたことがあった。だから、あいつらに教えてやったんだ。うちの上客は支配人の轟だってな。今頃ホテルで、咲千夏を使っていかがわしいことをしてるかもしれねえ、ほら、助けに行けよってけしかけてやったんだよ」

夏目も、ホテルコーストを知っている。宿泊したことはないが、この町に来る前、いくつかの観光ガイドに目を通した際、どの本にも掲載されていた。

だが、赤木の口から語られる裏の仕事なんて、眉唾話ではないか。大人たちはもう、そんな話を鵜呑みにするような精神状態になっているのか。

思い出したかのように、赤木が呻き声をあげ、再び血液を吐き出した。びちゃ、と赤黒い液体が床に広がる。内臓が傷つけられているのかもしれない。夏目が慌てて、「救急車」とスマートフォンで呼び出しを始めた。

「やめろ！」

赤木が狼狽《ろうばい》した様子で大声をあげた。

「ちょっと待ってくれ。防犯カメラの映像を、消してからにさせてくれ」

「なんで。急がないと、あんた」

「あいつらを庇《かば》いたいわけじゃねえよ。だけどな、このままだと朝比の将来に響く」

「朝比の？」突然、朝比の名前が出て来て、困惑する。

「俺もな、昔は映画の脚本家だとか、監督になりてえなって思ってたんだよ。だけど実際は、口だけで一つも完成させたことがない。だからな、朝比はすごい。マジで言ってる。完成させて、コンクールも挑戦し続けて、腐らないで結果も残し始めた。俺とは違《ちげ》えんだよ」

赤木と朝比、あたしが来る前から彼らには信頼や積み重ねてきたものがあり、自分はよそ者なのだと自覚した。だが、何故その話を今？　とも思う。

「俺は、朝比を前科者の娘にしたくねえんだよ。朝比が真剣に作るものを、色眼鏡かけて見てもらいたくねえ」

どうしてそこで「娘」という言葉出て来たのか。

「朝比の親父もいたんだよ。俺を散々踏みつけて、指を折りやがった」

夏目は、ぽかんとしてしまった。だが、赤木が何を考えているのかを理解し始めた。

赤木の言う通り、通報をしたら、朝比の父親は逮捕されるだろう。朝比は犯罪者の娘になる。表舞台に立てなくなるかもしれないし、一生懸命作ったものを、人から素直な気持ちで観てもらえなくなる。伝えたいことが伝わらず、誰かを楽しませることも、幸せにすることもできずに死んでしまうかもしれない。

それは何よりも、朝比にとって怖ろしいことだろう。

その幸せを奪う権利が自分にあるとは思えない。

それでも、だ。

「救急車を呼びます」

30　鈴木

鈴木康夫《すずきやすお》はホテルコーストのフロントで直立し、そのまま大きく欠伸《あくび》をした。

「おい」

隣に立つ、先輩の河野誠《こうのまこと》が咎《とが》める。

「夜勤だからって、気を抜くな。欠伸をしてるフロントなんてお客様が見たら、どう思う？」

「深夜二時ですよ？」

「深夜二時でもだ」

「誰もいないじゃないですか」

「誰もいなくてもだ」

河野誠に厳しい口調で言われ、鈴木康夫は頑固だなあと下唇を突き出す。大学は午後からの講義が多いように授業を組んだし、時給が高いからホテルフロントの夜勤をしている。職場は結局、同僚の運だよなあと思った。

ふーん、と声がして隣を見ると、河野誠が目を細めていた。

「あ、今、欠伸してましたよね」

「してない。嚙《か》み殺していたんだ」

「それ、お客さんが見たらどう思うか」

「お客さんいないだろ」

「いや、来ましたよ」

正面の回転ドアが回り、外から年配の男女がやって来た。お辞儀をしようとしたところで、鈴木康夫は「あれ」と洩らす。隣に立つ、河野誠に咎められるのでは？　と過《よぎ》ったが、河野誠も同じことを感じていたのかもしれない。

回転ドアが回り続ける。

子供こそいないものの、同年代の若者から老人としか思えない者まで、次から次へと現れた。団体客？　部屋は空いているけれどどこの時間に？

「いらっしゃいませ」

河野誠が挨拶をし、お辞儀をしたので、慌てて自分もと鈴木康夫は頭を下げる。だけど、途中で動きを止めた。団体客の中に、額に皺の目立つ白髪頭の男性を見つけたからだ。

「親父」

「お客様に、お前」

「いや、違うんですよ。父親です。親父、何しに来たんだよ」

堅物の河野誠が、親族にでもその口の聞き方は、と眉をひそめるのはわかる。それでも、自分の父親が眉を吊り上げ、迫って来ることに鈴木康夫は困惑した。

「康夫、お前も轟に手を貸しているのか？」

「轟？　支配人のこと？」手を貸すとは何のことかわからないが、雇用関係にあるという意味ではそうなのかもしれない。「まあ、こうして働いてはいるけれど」

返事を聞いた鈴木康夫の父親が、目を剝《む》き、鼻息を荒くした。

「轟はどこだ！」

「支配人？　なんで？」

「轟が、三国さんところの娘を攫《さら》った」

「咲千夏ちゃんを？　なんで？」

わけがわからず、鈴木康夫は「なんで」と訊ね返すことしかできない。ドッキリか何かだろうかと思ったものの、集まっているのは顔見知りばかりだった。深夜に押し掛けて騒ぐなんて、非常識なことをする人たちではない。

「轟を出せ！」という野次が飛んでくる。鈴木康夫は困り、先輩である河野誠へ助けを求めて目をやった。河野誠がうなずき、口を開く。

「お客様、失礼ですが、順序立ててご説明いただけますか？」

「だから、お前らのところの轟が、咲千夏ちゃんを連れ去ったんだよ」

「何故、そう思われるのですか？」

「轟の悪趣味のせいだろうが」

「悪趣味？」

「食べる気なんだ！　轟は、子供を食べている！」

鈴木康夫は、耳を疑った。聞き間違いでなければ、自分の父親の正気を疑ってしまう。河野誠も、言葉を失っている。

「ほら、言い返してこないぞ！」

誰かの声が聞こえた。だが、鈴木康夫が「ありえない」と言ったところで彼らに響くとは思えない。

「親父、支配人がどうして人間を食べるんだよ。そんな料理はレストランにはないって」

軽口や冗談でこの剣呑《けんのん》な雰囲気をごまかせないかと試みたのだが、悪手だったようで、町の人々が殺気立つのを感じた。ぴりっとした緊張感が走り、毛が逆立つ。

「残念ですけど、お子さんは轟派のようです。懐柔されているのでしょう。みなさんも、聞いていましたよね。彼らは轟のことを『支配人』と呼んでいます。それが、轟を慕《した》っている証拠です」

群集の中にいる、洒落《しゃれ》たグレーの背広を着た優男《やさおとこ》が声を発した。その声色には、どこか悲哀や諦観を滲《にじ》ませている。鈴木康夫もみなと一緒になってうなずいてしまいそうになった。が、そんなわけにはいかない。

轟は、秘書やフロントマン、厨房《ちゅうぼう》スタッフ、部屋の清掃員、正社員だろうがアルバイトだろうが、従業員全員に自分のことを「支配人」と呼ばせている。

「宇田さん、わけのわからないことを言わないでくださいよ。なんなんですか、これは」

知り合いだったようで、河野誠が珍しく口を尖らせて文句を言った。鈴木康夫は、そうだ、彼もこのホテルで見覚えがあるぞと思い出す。

「私は、もう、やめたんだ。轟に仕えるのを。あなた方と違って」

宇田は表情をころころと変え、今度は覚悟を固めた勇気ある顔つきになった。

この芝居はなんなのか。やっぱりこれはドッキリなのではないか、鈴木康夫の中でそんな楽観が生まれる。だけど、いつの間にかエントランスには四、五十人ほど町の人々が集まっていた。

「轟を出せ！」「お前らもグルなんだろうが！」「さっさと答えろ！　どこにいるんだ！」

あちこちで怒鳴り声がぶつかり合っている。何を喋っているのか、まともに聞き取ることができないほどだ。面食らい、鈴木康夫はぱくぱくと口を開閉することしかできない。

見知った面々のはずなのに、鈴木康夫には彼らが別人のように見えた。神社の猫に餌をあげているクリーニング屋の中村《なかむら》が、「手前《てめえ》、ぶっ殺すぞ！」とカウンターを蹴った。図書館のカウンターで見かける中年女性が「いいから出しなさいよ！」と叫んで、花瓶を床に叩きつけた。陶器が悲鳴をあげるように砕ける。

河野誠が落ち着くように両手を向けている。怯え、眉を下げ、頬を引き攣らせながら、懸命に喋っていた。慌てて、鈴木康夫も倣う。

「裏切り者だ！　間違いない！　こいつらが金で咲千夏ちゃんを売ったんだ！」

宇田が鈴木康夫と河野誠を指さして、叫ぶ。突然、周囲の人々の目つきが変わった。炯々《けいけい》とし、熱気を帯びている。鈴木康夫の身体が強張《こわば》り、思考が止まった。

金をもらった？　咲千夏を売った？　何を言っているのか。

その時、腕が伸びてきて胸ぐらをつかまれた。

「早く答えろ！　咲千夏はどこにいる！」

顔面に熱が生まれる。直後、口の中に血液独特の生臭いしょっぱさが広がった。

顔を上げる。

殴ってきたのは、自分の父親だった。

「やめろ！」

河野誠が叫び、フロントを飛び出す。鈴木康夫を取り囲む人々を突き飛ばした。

言葉が通じない。抵抗をしなければ殴られる。

だが、抵抗をしたことでダムが決壊した。暴力の氾濫《はんらん》が起こった。

河野誠が三人がかりで壁へ引っ張られていく。座らされ、腕をつかまれたまま、足蹴にされていく。蹴る、という動作は痛みを感じない気楽な暴力だった。河野誠が暴れる。だが、それは足をばたつかせる程度のことしかできない。喚くと、顔を狙って蹴りが入れられた。

その光景を横目で眺めていた鈴木康夫も、羽交い絞めにされた後、両足をそれぞれつかまれた。カウンターの上へ引っ張り上げられる。まな板の上に寝かされたような心持ちだ。殺されてしまうぞ、と体中から嫌な汗が噴き出た。

父親が自分の頬を再び殴ってきた。「轟は」「お前は」「さっさと」喚き声がいくつも響き、判別ができない。痛みの中で鈴木康夫が思い出したのは、幼少期から高校時代まで一緒にキャッチボールをしてくれた父親との日々だった。

野球チームへ所属してからも親子での練習も欠かさずやった。父親は自分を見てくれていた。コーチや監督も気づかなかった自分の癖や怪我を見抜き、サポートしてくれた。

感謝の気持ちを忘れず、トレーニングに励み、強豪校へ進学し、もう少しで甲子園《こうしえん》という時に自分は歩道橋の階段から転げ落ちて大怪我をし、夢を断念することになった。

あの時、父親は自分を責めることはせず、一緒に悔しがり、涙を流し、励ましてくれた。

「お前の人生は、これからも続くんだ。九回じゃない。俺から見たら、まだ二、三回ってとこだ」

辛《つら》い時、これからの人生で何度もあの言葉を思い出すだろう。鈴木康夫は感謝と共に、そう思った。

なのに、だ。

鈴木康夫の腹や胸へ向かって、容赦のない殴打が繰り返される。鼻や口内から血が流れ、じんじんと痛む。右手の小指が捻《ね》じれていた。あばらのあたりが軋《きし》む。骨が折れたのかもしれない。内臓が損傷したのか呼吸をする度に、悲鳴をあげてしまう。だが、悲鳴をあげたら顔を殴られるので、堪えるしかない。

右目を力いっぱい殴られ、視界がぼやてきた。そんな中、群集の中に三国華《はな》を見つけた。あんたの娘が家に帰ってこないだけで、なんで俺たちがこんな目に遭うのか。涙ながらに、鈴木康夫は声を張り上げた。

「三国さん、咲千夏ちゃんが帰って来ないっていうのは、本当なんですか？　俺たちを殴っても、知らないものは知らないですよ」

名指しを受けた三国が、力強くうなずいた。

「GPSも効かないの。そんなことってある？　轟が連れて行ったからなんでしょ」

「知らないですよ、そんなの。もう一回、調べてみてくださいよ。地下にいてわからない、とかあるんじゃないですか」

「そんなこと——」

「あるかもしれないじゃないですか！」

苦し紛れにそう告げると、三国は上着のポケットからスマートフォンを取り出した。

表情は変わらない。だけど、スマートフォンを手にしたまま、指先を動かし続けている。何かアプリケーションを起動しているのだろう。

その時、カウンター奥の扉が開き、黒いスーツを着た屈強な男性が四人現れた。鈴木康夫は見たことがない面々だった。敵か味方か、そんな単純なことしか考えられない。

黒い高そうなスーツを着ているものの、彼らの物騒な雰囲気は隠しきれていない。映画に登場する高級な施設にいる一流の警備員、もしくは要人の警護をするＳＰにも見える。

「みなさん、落ち着いてください。代表者の方は？」

低く、迫力のある声が響く。鈴木康夫は、安心する気持ちが芽生える一方で彼らがいるということを不思議に思った。

普通のホテルに、あんな厳重な警備員がいるものなのだろうか。

直後、空気が破裂するような音が響いた。

ホテルのフロントが、さっきまでの騒ぎが嘘のように静まり返っている。みなが音の正体を注視していた。

ぼやけた視界の中、鈴木が目にしたのは、何かを握りしめ、両手を突き出している碇《いかり》だった。手にしているのは、オレンジ色をした何かだ。凝視する。

水鉄砲のような玩具《おもちゃ》に見えたが、違うことはすぐにわかった。

あたりにはつんと鼻にくる、火薬の匂いが漂っていた。

おそるおそる首を傾げ、音のしたほうへ目をやる。

ホテルの黒服警備員が一人、えずくように頭を振っていた。ふらふらと動き、自分の首に左手を当てている。その手を離し、黒服がぎょっとした顔つきになる。赤黒い血が、べっとりとついていた。

碇が、あの玩具のような銃を撃ったのだ。鈴木康夫がそう理解した瞬間、撃たれた黒服が内ポケットに手を入れて、何かを取り出した。

拳銃だ、とわかったのは、身体が震えるほどの轟音《ごうおん》が鳴った直後だった。碇の身体がふわりと浮かび、後方に吹き飛ぶ。カーペットの上に倒れ、動かなくなった。ジャケットの胸に、じわっと染みが広がっていく。

演奏が終わり、夢と現実のはざまで静かな余韻に包まれた後、観客の大喝采が起こるように、悲鳴が巻き起こった。

音があちこちで響く。住民たちは黒服やフロントマンに立ち向かっていった。首を撃たれた黒服が、命を削るように構えた拳銃の引き金を引き続けた。弾丸が空気を切り裂く。

銃口の先にいたスポーツ刈りの男性が動物じみた声をあげ、ひっくり返る。眼鏡をかけた若い女性が、腹を押さえながら前のめりに倒れる。宇田に背中をつかまれた男が二発、三発と銃弾を浴びて、口から血を吐いていた。

短い悲鳴や呻き声と共に、ばたばたと人が倒れていく。火薬の匂いが充満していく。人を谷底へ突き落とすことを楽しむような、暴力へ誘う匂いで溢れ返る。

「このままじゃ殺されるぞ！　殺《や》られる前に殺せ！」

宇田の号令と共に、住民たちが沸く。スポーツの試合に挑むように、わっと突進していく。獣じみた声と共に、発砲音が連続で響いた。

黒服の残り三人がそれぞれ、ナイフと警棒と拳銃を構える。

叫び声をあげた青いコートを着た男性が、拳で殴りかかる。黒服はその動きをじっくりと見て、ナイフを振るった。胸や腹を突き、蹴りを入れる。入れ違いに、ふくよかな女性が玩具のような銃を構える。ぱあん、と乾いた音がする。

細眉の黒服が、ステップを踏んで銃弾を避ける。ナイフが先端を光らせ、空中で弧を描いた。女性の頬を切り裂き、ぱっくりと割れる。肉が垂れ、歯が露出し、顎が落ちそうになる。女性が痛みに驚いている間に、細眉は再び蹴りを入れて追い払った。

にきび面の若い男が殴りかかる。髪を結った黒服がその腕をつかんで引っ張る。つんのめった男の後頭部目掛けて、警棒を叩きつけた。ぐしゃり、と頭蓋骨が砕ける音が聞こえてくるようだ。町の住民たちの単純な攻撃を、黒服たちは手慣れた様子でいなしていく。戦いながら玩具のような銃を持つ者を目線で探し、立ち回っている気配すらある。

場数が違う。

無謀だ。見知った人たちが挑み、どんどん殺されていく。

だが、鈴木康夫は止める気にはならかった。逃げよう、という気持ちも沸いてこない。恐怖にすくみ、身動きが取れなかった。自分がこの場から生き延びることができるかもわからない。

どうする、どうする、と自分に訊ねる。自分が止めようと訴えるだけでは、焼け石に水だ。例えばスプリンクラーの作動や、停電が起きれば、新しいパニックが起こり、みなはそちらに意識が向くのではないか。だが、具体的な計画を組み立てることができない。

「あ」三国の声が漏れ聞こえてきた。「いた」

三国がスマートフォンを覗きこんでいる。

「——さんの家にいた」

三国が、堪えていた不安を吐き出すように、息をする。眉を下げ、目を細め、心の底からよかったと安堵《あんど》し、声を震わせている。

咲千夏が見つかったのだ。

鈴木康夫は、自分の苦し紛れの祈りが、天に通じたことが嬉しくなる。住民たちへの怒りよりも、生き延びることができる！　と歓喜を覚えた。

咲千夏がどこで何をしているのか。鈴木康夫にそれはわからない。だけど、咲千夏の発見は冷や水になるはずだ。この騒動を収めることができる。

「みんな！　咲千夏が――」

そう唱えた瞬間、ぷしゅっと空気が抜けるような音がした。

鈴木康夫の目には、その光景がスローモーションに映る。

三国が直立したまま、横に跳んだ。何が起こったのかわからないのか、表情を崩していない。だけど、そんな彼女の側頭部からは、きらきらと、赤い鮮血が飛び散っている。

どさりと倒れた三国の手から、スマートフォンが転げ落ちた。

31　木屋川

ホテルコーストには歴史や横浜《よこはま》の情緒があり、観光ガイドの本には必ず掲載されている。

木屋川はホテルに知名度や人気があることは知っていたが、正面玄関の前に、自動車が列をなして停《と》まっているのを見るのは初めてのことだった。それも深夜の零時過ぎに、ファミリーカーが押しかけているのは、異常な光景だ。

三国が話していたように、宇田に煽動《せんどう》された地域の住人が押し寄せているのかもしれない。ＲＶ車を道路の端に停め、下車する。中に入るまでもなく、揉め事の気配が漂っていた。

宇田がけしかけた住民たちのことを考える。宇田から何を聞かされたのか知らないが、勝てると思っているのか。プラカードを持って押しかけ、それが通じる相手ではないということがわかっていないのだろう。

集団化し、興奮状態になり、無敵な高揚感を抱いているだけだったらいいのだが。

背の高い生垣沿いに、ホテルの裏手へぐるりと回りこむ。しばらくすると、不愛想な鉄扉が現れた。従業員用とは異なる、木屋川のような人間が出入りするための扉だ。《病院》と同様に、指紋認証タイプの鍵が付いている。開錠し、ホテルの中に入る。

壁に装飾は何もなければ床もリノリウムで、無愛想な廊下が伸びている。時刻はもう深夜の一時過ぎだ。轟が、支配人室で仕事をしているとは思えない。だが、クーデターの心配をしているなら、安全な場所にいるはずだ。すなわち、自分の砦《とりで》であるこのホテルだ。

木屋川は十年、奴隷のように扱われてきたが、ホテルを自由にうろうろしたことはない。どこに何があるかを把握していない。どこかにセーフルームがあっても、場所も知らなかった。まずは支配人室を覗こうかと廊下を抜け、エレベーターの前まで向かう。

ちょうど、回数の表示が地下から上昇してきていた。ふっと息を吐き、待つ。

エレベーターが上昇する。音を立て、扉が開く。

「よお」

中から現れた人物は、木屋川を見てぎょっとした顔つきになった。

「よおって」伊森が目をしばたたかせる。「あんた何しに来たのよ」

「町を出ても、俺のことは伊森がごまかしてくれるんだろう」

「そう言ったじゃん」

「あんたはどうするんだ？」

「何、まさかわたしが心配で戻って来たってわけ？」

違う、と木屋川は首を横に振った。

「轟と宇田、お前はどっち派なんだ？」

「宇田と同じなわけないでしょ？　あの反吐《へど》野郎と一緒にしないでよ」

「だが、轟も終わりだ。不死身に憧れてオカルトにハマっちまってる。俺にアタッシュケースを持ってくるように言ったが、中身はなんだったと思う？」

「あんたの好きなクイズをやってる時間はないんだけど。切羽詰まってんだって」

「胎児だ。人間の赤ん坊が真空パックに詰められていた」

伊森が、更に目を見開き、言葉を失った様子で口を大きく開けた。馬鹿馬鹿しい、と言わないということは、何か心当たりがあるのかもしれない。

「俺は、あと二人殺して自由になる」

「誰と、誰」

「まず、轟だ。これ以上、子供を殺させるわけにはいかない」

「そのために戻って来たわけ？」

「だけではない。行方不明になった咲千夏も見つける」

「あんたも宇田にけしかけられた連中みたいに、轟が攫ったと思ってるの？」

「わからん。だが、あいつは関係しているかもしれない」

「あいつ？」

「丘の上の屋敷に住む、五月女という女だ。轟は五月女をビジネスパートナーにするとか言っていたし、五月女を連れて来るように俺に指示を出してきた。何かある」

口にしてから、木屋川は案外そうかもしれないぞ、と感じた。

思い返してみると、ひと月前に咲千夏がいなくなった時、五月女が発見したと言って咲千夏を連れて来た。あれは、自分で攫っておいて登場したのではないか。それで町の人々からの信頼を得たとも思えてくる。

「轟と、五月女を殺す」

そう伝えると、伊森は頭を掻いた。

「そろそろこのホテルも潮時だね。ねえ、わたしは何をすればいい？」

「轟の居場所を教えてくれ」

「乗って」

エレベーターに乗りこむと、伊森が三階、八階、七階、地下二階と連続で押した。

静かな音を立て、エレベーターは上昇をせず、下へと降りていく。

「こんな仕掛けがあったとは」

「轟は一部の人間しか知らないセーフルームにいる。っていうかあんた、ひどい顔色だよ」

「ろくに飲み食いできてないからな」

　木屋川がそう言うと、伊森がスーツの内ポケットからスキットルを取り出し、木屋川へ差し出した。

「お茶だよ。ハーブティー」

「あんた、ハーブティーって柄かよ」軽口を返しながら、木屋川は受け取る。指摘されると意識してしまい、空腹感や喉の渇きを強く感じてしまった。蓋を開け、口に含む。ほんのりと、抜けの良い爽やかな香りがした。ごくりごくりと、一気に飲み干してしまう。渇きが失せていくことに、充実感を覚える。

「来なくていいって言ったのに」

「他に行く当てがない。それに」

　それに犬が、そう口にしようと思ったのだが、声が出なかった。エレベーターが到着を告げる音を鳴らしたが、外に出るために足を動かすことができず、木屋川はその場に倒れこんだ。

32　夏目

猛《たけ》り狂うようにサイレンを鳴らしながら、救急車はやって来た。

救急隊員たちによって運ばれる赤木は、夏目が店にやって来た時よりも遥《はる》かに衰弱し、顔も青白くなっていた。話をしていた時は、虚勢を張っていたのだろう。

救急隊員には「アルバイト先に忘れ物を取りに来たら、ぼろぼろになった赤木を発見した」と説明をした。生気を失っていく赤木を見送りながら、自分の判断は間違っていなかった。正しい選択をした、と夏目は強く思った。

命よりも大切なものがあるものか。

ふっと気が緩んだ途端、強い目眩を覚えた。その場に崩れ落ちそうになる。

赤木の心配がなくなった今、不安は確信へ変わっていた。

五月女と四木が同一人物か、写真で確かめなければならない。そんな言い訳はもう捨てた。町の人々が暴動を起こし始め、見知った人を半殺しにしている。おそらく、今頃は赤木の誘導の通りに、ホテルコーストへ大勢で押しかけているのではないいか。

もう既に、この町でも負のドミノ倒しが始まっている。

町全体が倒れるのに、一晩はかからない。

始まるかもしれない、もう既に始まっているかもしれない、そんなことを気にしている場合ではなかったのだ。自分が一人で、もっと早く立ち向かっていれば赤木もあんな目に遭わずに済んだかもしれない。あたしの所為《せい》だ。

夏目はレンタルビデオショップを出て、五月女の屋敷へ向かう。もう後には引かないというつもりだからか、夏目の足取りには迷いはなかった。

冷え切った夜、シャッターが閉じた商店街を歩くのは、墓場を彷徨《さまよ》うような薄ら寒さがあった。

活気は、人は、生きているものはいないのか。

商店街を抜けて交差点へ出ると、足が止まり、顔が強張った。

坂の上で、五月女の屋敷の窓からは明かりが洩れていた。

塔屋が町を見下ろし、自分はぴんぴんしていると挑発しているようにも見える。地面を踏みこむ足に力が籠もった。

だけど、直後、生ぬるい風を感じた。巨大な生き物の吐息のような、身体がすくみ上がるほどの圧を覚える。夏目の額に、ぶわっと冷や汗が浮かんだ。

木屋川と屋敷の前で話をしていた時とは、雰囲気がまるで違う。擬態を解いて、本性を顕《あらわ》しているようだ。

屋敷の門が開いている。

中へ入ってこい、と大きく口を開けて誘っている。夏目の身体を悪寒が走った。知らず、歯がガチガチと音を立てていた。

あたしに足りないのは確信じゃない。

勇気と覚悟だ。

恐怖に負けるなんて、間違っている。あたしは、正しいことをするんだ。

真実を知っているあたしが、美樹さんを助ける。

そのためにあの魔女を殺す。

足の震えが消えた。

扉に手をかけ、玄関扉を開ける。鍵はかかっていない。

中の様子をそっと窺《うかが》う。三和土《たたき》があり、その先に玄関ホールがあった。暖色のライトではごまかしきれない、禍々《まがまが》しい雰囲気だ。腕が伸びてきて、引っ張られるのではないかと不安になる。

息を止め、夏目は屋敷の中に足を踏み入れた。

玄関ホールには、甘い香りが漂っている。花や蜜のような、心を和ませる香りだ。うっとりしてしまいそうなものだけど、今は邪魔だった。気を張っていないといけない。あたしは今、得体の知れない生き物のねぐらに侵入している。

何が起きてもおかしくはない。

ホールの、右と正面に扉が、左には二階へ繋がる階段が延びている。

四木、五月女はどこにいるのか。思案していたら、違和感に気が付いた。

おかしい。人の気配が全くしない。

香りにばかり気を取られていたけど、人の動く音や、話す声も聞こえてこない。外からは煌々《こうこう》と輝いて見えたのに、どうなっているのか。

夏目はそっと右側の客間へ移動した。

磨かれた床の上にはペルシャ絨毯《じゅうたん》が敷かれ、瀟洒《しょうしゃ》なローテーブルと椅子が並んでいる。机の上には、書きこみがされた地図が広げられ、ボールペンが転がっていた。咲千夏を探すため、大人たちが地図を囲んで言い合いをする姿が目に浮かぶ。

誰もいない。だけど、不穏な熱気がいつまでも漂っている。だんだんと身体が熱くなってきて、汗が噴き出し、下着や服が張り付く不快感を覚えた。立ち止まり、ぐるりとあたりを見る。天井や部屋の角、壁、そこかしこからの視線を感じて、息が詰まりそうだ。汗を拭い、夏目は隣の食堂へ移動する。

食堂は赤い絨毯の上に一枚板のテーブルが置かれ、行儀良く椅子が並んでいた。こちらにも人は誰もいなかった。テーブルの蠟燭が火がゆらゆらと揺れている。お皿の上には食べかけのサンドイッチや、お茶の入ったコップが並んでいた。

ここに集まって、咲千夏を探すために話し合っていたのかもしれない。

人がいないということはつまり、出て行ったのか。全員を動かせるような動機は一体何かと考えを巡らせる。

咲千夏が見つかった？　であるならば、全員で行くことはないだろう。疲れているはずだし、家に帰るかここで少し休んでいくはずだ。毎晩、家に人が入り浸っていたんだから、今日に限って誰もいないなんてことはないだろう。

それに、鍵をかけない、蠟燭の火も消さない、そんな状態でもぬけの殻になるものか。

夏目には、この屋敷で何が起こっているのか、さっぱりわからなかった。かぶりを振り、五月女を探そうと隣のキッチンへ向かう。

タイル張りのキッチンには、右側に流しが、反対には古くて頑丈そうなオーブンまで備え付けられていた。棚には香辛料がずらりと並んでいる。

そんなキッチンの中央に、調理台が島のように置かれていた。

夏目はそれを見つけ、表情を曇らせた。

調理台の下に、明らかに木目が異なる床が覗いている。まさかと思いつつ、台を押してみると、ゆっくりとスライドし、四角い蓋が露《あら》わになった。古びた丸いノブを引きながら持ち上げると、下にはコンクリートの階段が伸びていた。

隠し通路？　なんだこれは。

先は暗く、どこまで続いているのか、何があるのか見当もつかない。だが、夏目はこの先で待ち受けているものが闇だということを直感で理解した。どんな色でも、光さえも飲みこんでしまうような、どす黒い何かが待っている。

だめだ。この先は、だめだ。

食べられてしまう。咀嚼《そしゃく》され、鋭い牙で身体がずたずたにされて意識を失う自分の姿を想像してしまう。腕や足が切り刻まれ、血を噴き出し、内臓を破裂させながら、あっという間に首が折れて顔がすり潰される。

それだけなら、まだいい。

本当に怖いのはきっとそんなものではない。そう思わせるような暗さが、階段の奥から這い上がってきて、足をつかんで身体に纏《まと》わりつこうとしてくる。

階段を降り、闇に飲まれたら、一体どうなってしまうのか見当がつかない。

暴力ならば、まだ想像ができる。肉体を虐げ、自尊心を砕き、蹂躙《じゅうりん》される。果たして、そんなことで済むのだろうか？　永遠に痛みに苦しむのではないか、痛みよりも怖ろしい何かを味わうのではないか。意識はあるのだろうか、いつまで続くのだろうか、やめてほしいという懇願は通らない無慈悲な気配がある。

無理だ。帰ろう。そう踵《きびす》を返しかけた時、穴の底から声が這い出てきた。

『たすけて』

33　木屋川

目を開ける。

木屋川は眩しさに驚き、瞼《まぶた》を閉じる。白い無機質な部屋が見えた。どこか医療施設じみている。もう一度おそるおそる目を開けると、そこには探していた人物がいた。

黒々とした髪を撫でつけ、分厚い眼鏡の向こうで強欲そうな目をぎょろりとさせている。

轟が腕を組み、じっと木屋川を見つめていた。

「《薬局》からアタッシュケースを持ち出し、五月女を連れて来る。そんなに難しい指示だったか？」

「現場に出てない奴に、文句を言われたくねえよ」

視線を彷徨わせる。白い壁、白いタイルの清潔な空間だった。心肺を確認する機器が置かれ、ケーブルが伸び、自分の胸へ張り付いていた。気持ち悪い。剝がそうと木屋川は手を動かすが、医療用と思しき台に座らされ、両手と両足がベルトで固定されている。それに四肢に力が上手く入らない。

伊森に一服盛られたわけだ、とやっと気が付いた。

歯医者の処置室のように見える。《病院》か？　と思ったが、見覚えがない。

「ここは新しい《孤児院》だ。かつての《孤児院》は、実験に失敗し、散々だったからな」

「孤児院ってのは、実験をするところじゃないぞ。で、お前はここで何をするんだ？　俺の虫歯を直してくれるのか？」

「木屋川、お前は《孤児院》でのことを覚えているか？」

「何を言ってるんだ。俺は、孤児じゃない。親の借金のせいでお前のところで働いているんだぞ」

「お前は中学へ行かず、私が預かった。そして、しばらくの間《孤児院》で生活をした。《孤児院》での記憶がないのは、忘れているからだ。お前は泣き虫で、いつもみんなに迷惑をかけていた。食事も回りの奴に取られていたな。ただ、運動のセンスが良くなってからは、一目置かれるようになった」

全く身に覚えがなくて、当惑する。だが、滔々《とうとう》とした口調で身に覚えのない自分のエピソードを語られるのは、体内を轟に汚されていくようで、不快感も覚えた。

「お前が《孤児院》のことを覚えていないのは、忘れようと記憶に蓋をしたからだ。怖ろしいことがあったからな」

「怖ろしいこと？」

「子供同士が殺し合いをしたのだ。そして木屋川、お前だけが生き残った」

ショッキングな内容なのに、話を聞いても思い出すことはない。

だが木屋川には、轟が口から出まかせを言っていると思えなかった。馬鹿なと一笑に付したいのに、肌が粟立《あわだ》っている。くらくらと目眩を覚えた。腹の底を鉄の棒で突かれているような痛みを感じる。

「《孤児院》での失敗は、ある意味成功だった。木屋川、お前のことを知ったからな」

「気色の悪いことを言うんじゃねぇ」

「お前には運がある」

「こんな状況の俺を見て言うのか？」

「運が良かった。何かに守られているみたいだ、そう感じたことはないか？」

轟の口から出てくることは、さっきから理解に苦しむことばかりだったが、初めて言葉をキャッチすることができた。

伊森に言われた言葉を思い出す。

『昔から運だけは良いよね』

落下した先にゴミ捨て場があって助かった。自分以外の人間に配られた3Dプリンタ銃が不良品で手が吹き飛んだ。包丁で刺されたが内ポケットのスマートフォンのおかげで助かった。思い返してみると、そういったエピソードは他にもたくさんあった。

「人間には、身体能力や芸術のセンスとは別に、生まれながらに『運』がある。運が良い奴はずっと運が良く、運が悪い人間は死ぬまで運が悪い。お前の両親は最後まで、自分たちは運に見放されていると気づかなかったな」

両親がギャンブルに挑み、大勝ちした姿を見たことがない。木屋川は子供の頃に同じことを何度も感じていた。彼らに運はない、と。

だが、一体何故、今そんな話題になっているのか。

「私は、生まれながらにして富を持ち、権力を引き継いだ。だが、五十で死ぬ。いくら金をかけて気にしていても、膵臓《すいぞう》に末期の癌《がん》が見つかった。そう長くはない」

「で、死ぬ前にお前は何がしたいんだ？」

「いいや、死なななない。不安を解消することが、正しい生き方だ。私は運命に勝つ」

自己啓発書みたいなことを演説するのはいいが、俺となんの関係があるのか。木屋川は轟の高揚に付き合い切れないが、身体が動かないので殴って黙らせることもできない。

そんな木屋川に対して、轟は更に追い打ちをかけた。

「お前には運がある。だからな、木屋川」

「なんだ」

「私はお前の身体をもらうことにした」

轟が自分の頭を「ここをな」と指で叩き、と今度は木屋川のこめかみを指で突いた。

「ここに移す」

「脳みそをか？」

「私の精神だ。私たちが自分を正しく認識しているのは、意識や精神に寄与している。私の精神がお前の身体へ移れば、お前は私になる。お前の意識は死んでしまうが、私に身体を使われるのだから、お前は最後まで幸運な奴だ」

轟が口の両端を上げ、鼻の穴を膨らませ、歪んだ欲望を露わにしていた。常軌を逸した顔つきに、木屋川は初めて焦りを覚えた。こいつは本気で言っている。俺をいじくって殺すつもりでいる、と頭で警報が鳴る。

「そんなこと、できるわけないだろ」

何か、どうにかして危機を脱しなければと手足に力を籠めるが、ベルトが食いこみ、動くことができない。

それにしれも、意識を移すなんて——ああ、そうか。木屋川は夏目が話していたことを思い出した。『魔女は、人間の身体を乗り移る術を知っている』

「五月女は、ずっとそれを繰り返しているらしい。私は彼女のパートナーになる」

轟はリアリストで、冷徹で冷酷だからこそ、みなは恐れて従っていた。轟をそばで見ていた部下たちは、いっそクーデターを起こしてでもどうにかしなければ、と思ったのかもしれない。

「一つ教えてくれ。三国咲千夏はどこにいる?」

「三国咲千夏。ああ、あの娘なら五月女が連れていると言っていたな。何かに使うらしい」

「そうか」

「木屋川、お前が運だけじゃないことは知っている。無駄な抵抗をされると厄介だからな。お前には眠ってもらおう。次に目が覚めたら、お前は私になっている。いや、お前はもう消えるんだったな。だが、その前に、私に歯向かった罰を与えるぞ」

轟がそう言い、台の上、トレーに置かれたメスを手に取った。それをまるで指揮棒のように振りながら、ゆっくりと木屋川へ近づいて来る。

「目は後から簡単に移植できるからな」

薄く、鋭い刃が木屋川の眼球へ向けて、じわじわと迫ってきた。

34　夏目

キッチンの下に、通路を見つけた。

この先には一体何があるのか。ワイナリーへ繋がっているだけとは思えない。

地下へ進めば一体どうなるのか。怪物の口へ入るようなものじゃないのか。

酸で肌がただれて肉を溶かされて骨が露出し、泣き叫びながら悶《もだ》え苦しむ自分の姿を想像してしまい、夏目は吐き気に襲われる。

本当に、怖い。足がすくみ、涙が溢れてくる。

『たすけて』

確かに夏目の耳にはそう聞こえた。絶対に、地下で何かが起こっている。

想像の中で苦しんでいる自分の姿が、水野原美樹に変わった。本当に、声が聞こえていて、その正体が水野原美樹であるならば、迷っている暇はない。

ここで逃げてしまったら、自分はどこまでも逃げ続けることになる。一体、何をしに湊明町まで来たのか。

世暮島でのことを思い出す。

教会で、魔女が神父を殺すのを見た。あの時、あたしは美樹さんと一緒に隣の部屋に隠れていた。このまま一緒に隠れて朝を待とう、助けを待とう、そう言っていたのに、美樹さんは外へ出て行ってしまった。

あたしが止めていたら。勇気を出して、引き止めることができていたら。

あの日から、あたしは死んだようなものだった。

人間が死ぬ瞬間は、不安に負けて勇気を失った時だ。

大きく深呼吸をし、息を整える。息をしている。つまり、あたしは生き返るんだ。

スマートフォンのライトを懐中電灯代わりに、夏目は一歩ずつ階段を下り始めた。足元から冷たさを感じる。淀んだ水中に身体を沈めていくようだった。

十段以上ある階段を下りると、その先は細い廊下が続いていた。壁は無機質なコンクリートで、すえた匂いがする。進行方向と足元を何度も交互に照らしながら、ゆっくりとすり足で前進する。

　この地下通路はなんなのか。壁に亀裂はなく、頭上には蛍光灯が設置されている。思ったよりも古さはない。足元もタイルだった。病院の中を移動しているような気持ちになる。

　壁に手を突きながら、ゆっくりと進む。何歩進んだか、どのくらいの距離かを考えておくべきだった。緊張感にまいり、胃がむかつく。

　しばらくすると、正面が行き止まりになり、右手側に不思議な白い壁が現れた。

　夏目はその不思議な壁の前に立ち、目を奪われた。

　木が成長し、林檎《りんご》を実らせている。鳥や蝶《ちょう》や生き物が生命を謳歌《おうか》するように羽ばたいている。蔦《つた》が這い、花を咲かせている。そんな美しい彫刻が施された、見事な扉だった。今にも動き出しそうな生命力を放っている。感動で、鳥肌が立った。

　この体験に既視感がある。自分の記憶を振り返ってみると、それは上野《うえの》の美術館で見たロダンの『地獄の門』だった。

　名前の縁起の悪さに気づき、かぶりを振る。視線の先ではドアノブが、触れてもらうのを待っているように、突き出ていた。

　つかむ。ひんやりとした感触が伝わる。ドアノブを回し、ゆっくりと引く。生暖かくて、むっとするような空気と、明かりが洩れてくる。

見られたら困るものがあるに違いない。そう言い聞かせて、力を籠める。

扉を開き、夏目は目を剝いた。

そこは、無味乾燥な真っ白い部屋だった。

バスケットボールのコートくらいの広さがある空間だ。床や天井も真っ白で、そんな中を雪山で遭難しているみたいに、子供たちがあちこちで倒れていた。小学生から中学生くらいの男女が、三十人ほどいる。全員が入院着のような、白い服を着ていた。

近くに倒れている男子のそばに駆け寄る。「大丈夫?」と声をかけて揺すっても返事がない。でも、わずかに胸が上下しているのがわかった。息はある。夏目はほっと胸を撫で下ろす。

周囲に目を泳がせていると、もぞもぞと動く人影が見えた。

そこにいるのは、十代と思しき若い女の子だった。肩の下あたりまで伸びた髪を、後ろで結っている。彼女が目立つ理由は、動いているからだけではない。一人だけ赤い服を着ているからだ。

少女が、額の汗を拭うような仕草をする。それに合わせて、顔が赤く染まった。色の変化を目で追っていた夏目は、やっと気が付いた。

血だった。

手や腕から、ぽたりぽたりと血が垂れている。服も顔も、血で染まって赤く見えていたのだ。目が釘付《くぎづ》けになる。鉄のような、濃い血の匂いが鼻をついてくる。彼女の右手には、刃物が握られていた。

「何をしてるんだ」

誰の声か、夏目が自分の声だと気づいたのは、血染めの彼女と視線がぶつかったからだ。

「起きないように、刺しているの」

「なんで」

「みんな、かわいそうに、なっちゃった。だから、楽にしてあげないと」

話が嚙み合っていない。それでも、同じ言葉を喋っているし、意思疎通は図れるのではないか。唾を飲み、夏目はゆっくり身を起こす。念のため、敵意はないと示すために両手をあげた。

「何があった?」

少女は、夏目の声を聞きながら、悲しそうな面持ちで、倒れている眼鏡をかけた少女の身体にまたがった。ナイフを構え、刃を首にあてがう。

「やめ——」

夏目の言葉を聞く間もなく、ナイフが引かれ、首から血が噴き出た。眼鏡の少女の身体が痙攣した。

「やめろ!　何をしてるのかわかってるのか?」

「わたしたちはもう、元の生活には戻れない。ここは《孤児院》なんかじゃない。ここは、実験場だった。だからせめて、人間として死なせてあげたいの」

「ちゃんとわかるように説明してくれよ！」

少女は、うつぶせになっている少年をひっくり返し、ナイフを振り上げた。夏目が止める間もなく、ナイフが心臓のあたりに突き刺さる。まるで、鶏肉の調理をしているようだった。ざく、ざく、とナイフが身体に突き刺さるたびに音をあげ、血が飛び散っていく。

「人間は、ちゃんと死なないといけないの」

少女が辛《つら》そうな顔をしていることが、夏目を更に混乱させる。

あの子は、きっと何か妄想に取り憑《つ》かれてしまっている。世暮島でのことを思い出す。あの時も、外を出歩かない人間が化物になってしまったんじゃないかと怪しんだ。「身体を奪われる前に」と言って殺し合いをしている連中も見た。この少女も、子供たちがゾンビのウィルスに感染したとか、吸血鬼になってしまうとかそういう空想の世界から戻ってこれなくなっているのだ。

あたしが、子供たちを助けなきゃ。

刃物を持っているとはいえ、相手は自分よりも年下だろう。説得は無理だとしても、術《すべ》はある。夏目が息を殺して、そっと血染めの少女へ忍び寄る。少女は、使命感を抱いた顔つきで、子供にナイフを突き立てている。肉を突き刺す音が響く。その度に、夏目が顔を強張らせる。痛みが伝わってくるようだった。

奥歯を噛み締め、ゆっくり移動する。自分がもたついている間に、一人、また一人と人間が、それも子供が殺されてしまう。

夏目は緊張のせいで、いつの間にか自分の呼吸が荒くなっていることに気が付いた。ぎゅっと唇を結ぶ。悟られるわけにはいかない。じりじりと、血染めの少女の背後に回る。

怖い。逃げたい。死にたくない。

それでも、人を助けたい。

夏目は、地面を蹴り、飛び掛かった。

が、想定外のことが起こった。視界が揺れ、頬に重い痛みが響く。

痛みと熱に、呻く。何故、と思ったけど、血の匂いが濃くなっていることに気が付いた。リノリウムの床が、黒々とした血で溢れていた。あたしは血だまりを踏み、足を滑らせたのだ、と遅れて気が付く。

顔を上げる。

血染めの少女が、すぐそばで見下ろしていた。

屈《かが》み、苦しそうに顔を歪め、手に持っているナイフを構えた。刃渡り十センチほどの簡素なナイフだった。刃が赤くぬらぬらとし、先端からは有無を言わせぬ迫力がある。

「やめ――」

止める間もなく、夏目の脇腹に痛みが走った。熱い、と驚いた束の間、肉が抉《えぐ》れるような激痛が広がる。確認すると脇腹に、刃が全部埋まっていた。刺された。そう認めた直後に、ナイフが抜き取られ、全身を鋭い痛みが駆け抜けた。びりびりと皮膚や肉が乱暴に破かれていくような音が聞こえてきそうだ。夏目は、動物のように、喘《あえ》ぎ、悶えた。

脇腹に触れる。ぬめりを帯びた黒い液体がどくどくと身体から出てくる。自分の中から、生きるために必要なものがどんどん失われていくとわかり、慄然《りつぜん》とした。

威勢や意識が、風船のように萎《しぼ》んでいく。痛みより怖いものを想像して怖がっていたけど、それが何かわかってきた。これから先のことを考えると、周りが真っ暗になるほど心細かった。

わたしがいなくなってしまう。死にたくない。消えたくない。

美樹さんは無事だろうか。

ごめんなさい。

あたしは、死んでしまう。なんでこんなことになったの。

夏目は痛みを堪えることしかできず、床に転がる。血染めの少女は、夏目を無視して、どんどん子供たちにナイフを突き刺していった。ざく、ざく、という不気味な音が聞こえる。耳を塞ぎたいのに、身体を丸めているせいで、腕を動かすこともできない。

気色の悪い汗をかき、獣のように、口を大きく開けて、ぜえぜえと息をする。

瞼が重くなる。視界がぼやける。自分の身体が冷たいタイルと同化していくようだった。瞼の重さに逆らえず閉じかけ、慌てて見開く、その動作を夏目は何度も何度も繰り返す。

「渚《なぎさ》さん?」

声がした。自分の声でも、血染めの少女の声でもない。夏目の声でもない。助けが来たと思えなかったのは、少年の声だったからだ。薄れる意識の中、夏目は目だけそちらに向ける。

自分が入って来たあの彫刻扉のそばに、背の高い男の子が立っていた。白色のパーカーが眩しい。短い髪をした少年だ。顔色が悪いけど、どこか見覚えがある。何故だか木屋川に似ているな、と思った。

からん、と音がした。

血染めの少女が、少年のほうへゆっくりと移動していく。やめて、その子は殺さないで。声にならぬ声を届けようと、口だけ動かす。

「ここで見たものは、全部忘れなさい」

少年は、絶句したまま、硬直している。

「じゃないと、普通に戻れない」

夏目の瞼が下がり、世界が真っ黒になる。

35　木屋川

メスの先端が、木屋川のまさに眼前で止まった。

声高に「不死身」だの「入れ替わり」だのと話をしていた轟が怪訝《けげん》な顔をしている。何かおかしい、と首を傾げていた。身体を曲げ、手足の拘束具を確認してみても、それでも気づいていないようだった。木屋川は、手も足も出せない。それに変わりはない。

「おい、木屋川、何を企《たくら》んでいる」

木屋川は返事をしない。じっと、ただ待った。

「返事を――」胡乱な目つきをしていた轟が、はっと顔つきを変えた。「お前、息を止めているな」

手も足も出せない。だが、轟の趣味に付き合うなんてごめんだ。そう思い、木屋川はずっと息を止めていた。木屋川の顔色が変わり、それで違和感を覚えたのだろう。轟が慌てた様子で、木屋川のそばへやって来る。

「息をしろ！　おい！　聞いているのか！　命令だ！」

轟がそう言って、木屋川の口をこじ開けようと手を伸ばしてくる。頬を引っ張り、唇を開き、なんとか呼吸をさせようとしてきた。慌てふためきながら、木屋川を死なすまいと試みている。

必死な形相の轟が、更に前のめりになる。

木屋川は、ずっと好機を窺っていた。全身全霊の力を籠めて身体を起こし、轟の首筋に食らいつく。

肉を、血管を、骨を砕く勢いで噛み千切る。口内に、ぐちょりとした塊と血液が流れこんできた。頸動脈を狙ったが、上手くいっただろうか。

轟が絶叫し、木屋川から離れた。

首を押さえて飛び跳ねるように、動き回っている。何やら喚いているものの、言語として木屋川には判別できない。口の中にある肉の塊を、吐き出した。

水中ならまだしも、人間は息を止め続けても死にはしない。気を失うかもしれないが、そうすれば生存本能で呼吸は再開する。木屋川はこの知識をサイエンス誌で読んだことがあり、記憶していた。勉強はしておくものだな。

「木屋川、貴様」

「俺を殺すか？　俺の身体を使えなくなるぞ」

茶化すように言うと、轟はまだあきらめていなかったようで、反撃をしてこなかった。

それよりも、痛みや首から止めどなく溢れ出る血液をどうすればいいか、と考えているように見える。

「お前などもういらん。新しい肉体を探す」

轟がそう言って、落ちていたメスを拾おうと屈んだ。

その時、背後の扉が開き、伊森が現れた。轟が振り返る。

「伊森、いいところへ来た。処置を」

ぱあん、と空気が破裂するような音が響き、轟の身体が、そのまま床にどさりと倒れた。

白いタイルがどくどくと流れる血液で赤く染まっていく。

3Dプリント銃を構えた伊森が、木屋川を見据える。

「木屋川、あんた出産でもするの？」

「しない」

「薬飲ませたこと怒ってる？」

「ああ」

「轟を殺してあげたじゃん。まだ怒ってる？」

「ああ」

「轟を油断させる作戦だって。それでもまだ怒るわけ？」

「もういい。外してくれ。俺はあと一人殺さないといけない」

「わたし？　だったら助けないけど」

「五月女だ」

36
椿

一晩で大勢の人が亡くなった、もとい殺し合いがあった惨劇の島にいたのではないか？

椿が質問をぶつけると、六鹿《むしか》は笑みを浮かべてからうなずいた。

「ずいぶん懐かしいことをお訊ねになるんですね」

六鹿は問い詰められているという雰囲気を見せず、いい退屈しのぎができたと言わんばかりに足を組んだ。椅子のアームレストに肘を置き、椿を眺める。

その態度に、椿は楽しくて思わず笑ってしまう。

毅然《きぜん》として余裕に充ちた相手が、これからどのようにぼろを出し、追い詰められていくのか。最終的には青褪《あおざ》めた顔になり、しどろもどろとするはずだ。

私がほしいのは真実だ。真実へ向かっている、この過程に胸が躍る。対局でもしているような気持ちになる。余裕でいられるのは今のうちだぞ、と椿は質問を重ねた。

「世暮島には、惨劇が起こる半年前に四木という女性が引っ越してきました。そして、惨劇の後も彼女の遺体は見つかっていません。四木の家も、この屋敷のように地域のコミュニティになっていたようです」

「それは不思議ね。人と人の繋がりが希薄な時代なのに」

「世暮島に足を運び、生き残った方から話を聞きました。郵便局員の塩谷《しおたに》さん、覚えてますか？」

塩谷さん、と口の中で言葉を転がし、五月女がごくりと飲みこむ。「覚えていないわ」

「世暮島では、事件が起こるしばらく前に妙なことが起こっていたそうです。地主の神部《かんべ》さんのことは、覚えていますか？」

「ええ。愛妻家で、奥様と一緒に海岸をよく散歩されてました」

「その神部さん、奥様の隆子《たかこ》さんを綾《あや》と呼んで、夫婦喧嘩をしたそうです。それに、金庫のダイヤルやパソコンのパスワードを忘れてしまっていたようだという証言も聞きました」

「そうでした。認知症を患ってしまい、ご家族も大変そうでしたね」

「八十を超えていたので、私もそうかと思いましたが、どうもそういうわけではなさそうなんです」

「不思議なお話ね。他人の意識が別人の肉体に入ったということかしら」

「他人の意識が別人に？　そんな突飛なこと、よく咄嗟に思いつきますね。そう言えば、世暮島でも全く同じ噂を耳にしました。他人の意識が別人の肉体に移るという」

「誰でも思いつくようなことだから、同じような噂が流れるんじゃないかしら？」

「頭の回転が速いですね」

「ありがとうございます。不謹慎ですけど、面白いお話ですね」

まったくです、と椿は相槌《あいづち》を打つ。六鹿はぼろを出し始めているぞ、と内心で舌なめずりをした。

「今度は、舞台が変わります。六鹿さん、湊明町のホテルコーストはご存知ですか？」

「知っていますよ。有名ですし」

「では、《孤児院》はご存知ですか？　ただの施設じゃありません。ホテルコーストの支配人、轟が携わっている《孤児院》です」

「チャリティに積極的な方なんですね」

椿は手持ちのカードを一つずつ切り、勝負をしかける。

今のところフラットに見えるが、椿は自身が優勢だと感じていた。まだ、こちらには強いカードがある。

《孤児院》がどこにあるのか、それはわからなかったし、具体的な研究レポートも見つかっていない。もしくは見つかっているが、お偉い連中が揉み消したのかもしれない。轟の持つホテルではない施設やビジネスに、警察上層部の人間や政治家が客として利用しているという話も聞いた。

轟一族は代々、ホテル業以外に、違法なビジネスを引き継いでいた。そのうちの一つが、人身売買だ。未成年の行方不明者が全国の五倍という異常な数字を持つ湊明町で、轟は人体実験をしていたという証言もある。

事件の関係者からファミリーレストランで初めてその話を聞いた時、馬鹿馬鹿しいと一笑に付してしまった。失敗だ。改めて詳しく話を聞きたかったが、もう連絡がつかなくなっていた。あの時、もっと真剣に対応していればと歯噛みをしたい気持ちをぐっとこらえた。表情に出したら、負けてしまう。

「轟は病を患い、死を悟っていました。彼の頭の中にあったのは、不老不死という妄想です。正常な人間なら、鼻で笑ってしまうようなことです。ですが、金と権力があり、倫理観が欠落した轟は、それに縋《すが》りました。轟は《孤児院》という施設で、子供を使って人体実験をし、不死身や不老不死といったものの研究をしていたそうです。しかし、結果が出ません。そんな中、轟はある噂を耳にします。八百比丘尼《やおびくに》伝説です」

「八百比丘尼って、人魚の肉を食べたら不死身になったという、あのお話？」

「ええ。有名なのは福井ですが、全国に百六十六ヶ所にも伝承があるんですよ。その中に、一つくらい真実もあるのではないかと考えて調査していたのかもしれませんね。ですが、世暮島で広まっていたのは、他の地域の伝承とは少し異なっていました。自分の精神を他人に移せば、それは生き続けているということになる、そういうものです」

「あら、さっき」

「そうです。あなたがいた場所で、同じ噂が流れています」

六鹿が、ふっと息を吐いたきり無言になった。

「何かご存知じゃないですか？」

「残念ですけど、初めて聞くことばかりで」

「ちなみに、ホテルコーストに行ったことは？」

ない、と言え。口を滑らせろ。そんな椿の期待通り、六鹿は「ありません」と口にした。

椿が待ってましたと言わんばかりに、ポケットの中からスマートフォンを取り出す。

「ご覧ください」

スマートフォンの画面で、映像データが再生される。ホテルの監視カメラの映像だ。背広姿の若い男性と六鹿が、フロントの前を移動している。二人の顔ははっきりと映っているし、何よりも、六鹿の顔を間違えるわけがない。

「これは、あなたですよね？」

第四章

37　夏目

目を開いても何も見えない。

周囲は真っ暗だった。自分が刺されたことや脇腹の痛みを思い出し、触れる。そこには血のぬめりも傷も、痛みもなかった。

一体どうなっているのか。

ここは死後の世界なのか。

立ち上がり、ぐるりと回りを見渡す。自分の後ろに、ライトがついたまま転がっているスマートフォンを見つけた。屈《かが》み、拾う。自分のものだ。時刻は深夜の二時三十七分と表示されていた。

ライトをかざして、目を凝らす。妙な匂いがする。鼻の奥に刺さり、頭に充満するような、あの血液の匂いではない。病院を思い出す。これは消毒液の匂いだ。

ここがどこなのかはわからない。はっきりと思うのは、これ以上、この部屋にいたくないということだ。

壁にぶつかるまで移動し、壁伝いに移動した。しばらくして不愛想な鉄扉《てっぴ》が目に入る。

扉を開けて外に出ると、そこは殺風景な廊下だった。外から確認すると、扉にはあの凝った彫刻が施されている。出てこれたのだと安堵《あんど》する。

キッチンへと続く階段を上りながら、これからのことを考える。

挑むか、それとも、逃げるか。

考えるまでもなかった。

あの島からせっかく生き延びることができたのだ。命を無駄にすることはない。

そんな言い訳は、もう思い浮かばない。

あたしは、魔女を殺しに来たんだ。勝つか負けるかだ。

そう思っていた、夏目《なつめ》の足が止まる。

全身の毛が逆立った。

客間に、彼女がいた。

黒いロング丈のドレスに黒いショールを羽織った四木《しき》、五月女《さつきめ》が、陶器のポットを持ち、ティーカップにお茶を注いでいた。カップはソーサーの上に、二つ並んでいる。

「いらっしゃい。ちょうどお茶を淹《い》れていたのよ」

五月女が、この館の主としての威厳と余裕を感じさせる、圧倒的な笑みを浮かべた。

ぞっとするほど、綺麗《きれい》な顔をしていた。

この顔を、見間違えるわけがない。

あれから十年も経《た》ったというのに、老いを一切感じさせない。白髪一本、顔に皺《しわ》が一つ、そういったものが何もない。美術館の彫刻のように、変化というものが見られなかった。

「お前は」夏目が声を発した。「お前は、何者だ」

緊張や不安が、声を震わせている。それでも、立ち向かおうという意志が籠もっていた。

そんな勇気を、五月女はお茶を淹れながら、「何者、ねえ」とくすくすおかしそうに笑う。「私の家なのに」カップからは、暖かそうな湯気とお茶の香りが漂っていて、この場にそぐわないのはどっちなのかと、夏目は混乱しそうになる。

「お前は、四木だろ。世暮島《せぼじま》にいたよな」

「世暮島?」五月女が首を傾《かし》げる。

「そうだ。水野原美樹《みずのはらみき》のことを、覚えているよな」

「水野原?」

「美樹だ。水野原美樹。それだけじゃない。秋野《あきの》のおじさんも、宮下《みやした》のかなでさんも、とつつんにさっちーも、カメラの松江《まつえ》さんも、山の湯《やまゆ》のおじさんおばさんも、江崎《えざき》神父のことも、お前は知っているよな」

夏目が声を荒らげ、まくしたてる。勇ましく突き進み、五月女の前に立った。

「あたしのことを、覚えているか！」

「ジャスミンティーにしてみたの。お口に合うといいのだけれど」

五月女がそう言って、テーブルの上に置かれたティーカップをこちらに差し出す。

「茉莉《まつり》ちゃんでしょう。夏目茉莉ちゃん。茉莉ってジャスミンのことだよって教えてあげたら、嬉《うれ》しそうにして可愛かったわよね」

夏目が、かっと目を見開いた。

「ジャスミンは何種類あるか知ってる？」

質問を受けたが、考えて答える余裕がない。五月女は、返答を待たず、続ける。

「モクセイ科ジャスミナム目の総称で、ジャスミンと呼ばれる名前の植物は数百あるの。なのに、ただの『ジャスミン』は存在しないのよ。あるのに、ない。面白いでしょう？」

「それがなんだよ」

「っていうお話をした時、あなたは目をきらきらさせていたじゃないの。忘れちゃったのかしら」

確かにこの優しい香りは、ジャスミンのものだった。だが、それよりも夏目が気になったのは、五月女が何故ジャスミンティーを用意していたのか？　だ。

あたしが来るのを知っていた？　気づいていた？　いつから？

夏目が、威嚇するような叫び声をあげて、机を蹴り上げた。食器が悲鳴をあげ、お茶を床に吐き出す。五月女は顔色を変えずに夏目を見つめ、「あらあら」と洩《も》らした。

「美樹さんはどこにいる！」

「美樹さん？　えーっと」

「手前《てめえ》が覚えてねえわけがねえだろうが」

「あなたは、四歳の時に水族館でペンギンのクーちゃんと写真を撮ったわよね。あの時見たペンギンがまだ生きているか知っているの？」

「美樹さんは、ペンギンじゃない」

「もちろん、例え話よ。水野原さんは人間に決まってるじゃない。でも、そうね。コウテイペンギンの寿命は十五から二十年だから、水野原さんもペンギンくらいしか生きられなかったことになるわね」

夏目が顔を真っ赤にして、五月女に飛び掛かる。五月女は一歩後退し、後ろ手に隠していたティーカップの中身を夏目の顔目掛けてぶちまけた。反射的に夏目が手を構え、短い悲鳴をあげて床に転がる。

五月女がソファの隙間に手を入れて、何かを取り出した。水色の水鉄砲のようなものを持ち、ゆっくりと、迷いのない足取りで夏目へと向かって行く。

五月女からは、研ぎ澄まされた殺意を感じた。

銃口が、夏目へ向けられた。

熱いお茶が顔にかかり、ひりひりとする。冷や水をかけられたわけではないが、おかげで夏目は冷静になった。

あたしは、お前を従えることができる。

「バリステムジカ」

不思議な語感の言葉が、部屋に響いた。

夏目がふらふらと立ち上がり、そう口にした。左目を押さえているが、怒りに満ちた右目で、五月女を睨《にら》みつけている。

「バリステムジカ」

五月女が固まる。血の気が引いた表情で、凍り付いていた。

「四木、五月女、いろいろな呼び名がある。でもこれがお前の名前だろ。あたしはお前の本当の名前を知っているぞ」

彼らは名前を知られてはならない。知られたら、相手に服従することになる。そのことを、夏目は心のどこかで疑う気持ちがあった。陰陽道もエクソシズムも信じているわけではない。だが、人間ではない何か存在していること、普通の方法では対抗できないということは、既に世暮島で理解していた。

五月女のこのうろたえを見ると、ただの言い伝えというわけではなさそうだった。

夏目の胸に、希望が生まれる。

この魔女を始末できる。

38　木屋川

長年、自分を支配してきた男を殺した。自分の手ではなく、自分の口で攻撃をしたし、とどめを刺したのは伊森《いもり》だが、結果が変わらないのならば、どうでもいいことだ。

十年は、長かったのか短かったのか。達成感や感慨があるんじゃないかと予想していたが、木屋川《きやかわ》の感想は「弱かったな」というあっさりしたものだった。

「伊森、お前は何を考えてるんだ？　どっち派なんだ？」

木屋川は手足の拘束を解かれ、今は伊森と共に従業員用の廊下を歩いている。

「あんたの言ったことを考えててさ、轟もクソ、宇田《うだ》もゴミなわけじゃん？　なんでトップが脳みそのねえ男なんだろうって。わたし、守ってあげたくなるような女だからってなめられてんだよね。で、思ったわけ」

「何を」

「わたしがボスになる」

「それは」木屋川は逡巡《しゅんじゅん》する。悪くないんじゃないだろうか。事実、伊森は気分屋ではあるが、損得勘定の計算が早いし、轟よりも周りの人間を見ている。

それに、肝が据わっていた。

「そんな顔しないでよ。薬のこと根に持ちすぎ」

「そのことはもういい。それよりも轟やお前は、俺がホテルに戻って来なかったら、とは考えてなかったのか？」

「何年一緒に仕事してたと思ってんのよ。ああ言ったら来るって思ってたわけ。あんたって人情に弱いから、誘導しやすいんだよね。気をつけたほうがいいよ」

馬鹿にされているのか、忠告をされているのか。眉間に力が籠もるが、木屋川は溜《た》め息《いき》を吐くことでごまかした。

「わたしは今、死ぬわけにはいかないわけ。悪いんだけどさ、ここから出るのを手伝って」

「俺は自由になりたいんだが」

「今、このホテルは戦場になってる。あんたもすぐにわかるよ。ここから出られたら、五月女って奴の家まで送ってあげる。そいつは煮るなり焼くなり好きにすればいいから」

廊下を抜け、エレベーター乗り場へ向かっていると、パーカーを着た男が現れた。目が合う。確かパン屋の――と思い浮かんだのと同時に、男が左手を伸ばし、こちらへ向けて何かを構えた。

空気が破裂する音がする。

3Dプリント銃だ。

木屋川は咄嗟《とっさ》に伊森を突き飛ばし、拾っておいたメスを相手に向かって投げた。メスが真っすぐ飛び、男の眼球へ突き刺さる。悲鳴があがる。3Dプリント銃を向けられ、第二撃を発射される前に、木屋川は突進し、相手の首をへし折った。

見知った町の人間を殺した。木屋川は初めて、人の命を奪った自分の手を見た。きっとホテルを出るまでに、この手で何人も殺すのだろう。そのことを、どう考えたらいいのか、わからない。

手の汚れは落ちない。罪も消えない。それでも、俺は生きていくのだろう。

「いったいなあ。でも、まあ、わかったでしょ？　こういう状況なのよ。宇田が、やたらめったら3Dプリント銃をばらまいたみたいで。アイツはまじで、殺すしかねえわ」

ふらふらと身体を起こしながら伊森が口を尖《とが》らせる。それについては、木屋川も同意だった。3Dプリント銃を拾いながら、次を考える。移動手段が問題だ。

「こっちで音がしたぞ！」

男の野太い声がする。足音もする。従業員用の廊下に障害物はない。相手が素人とはいえ、ここで迎え撃つのは無謀だ。だが、エレベーターに乗り、ドアが開いたところで待ち伏せをされていたらひとたまりもない。

「ここは？」「最上階、つまり七階」「最悪だな」「わかってるって」

従業員の通路にまで町の住民が来ているということは、非常にまずい。安全なルートがないということだ。一般客と同じようにフロアに出て、階段や非常階段を駆使してでも、下りていくしかない。

廊下を駆け抜け、重い扉を開く。

すると、無機質なタイルから赤いカーペット地の床に切り替わった。明かりも白い蛍光灯から、シックなオレンジ色に変わる。木屋川が前を、伊森が背中を守るように歩く。

一階のフロントに住民たちが押しかけたのならば、あそこは死屍《しし》累々になっているのではないか。武装した住民がいる可能性が高い。目指すは一階の裏口だ。

「一階まで下りて、劇場を抜けて従業員用の通路へ行くよ」

廊下を進んでいたら、客室のドアの開いた。ホテルの部屋着を身に纏《まと》った眼鏡の男が現れ、きょろきょろと目を泳がせている。

「危ないから、部屋にいろ」

木屋川の声が聞こえなかったのか、眼鏡男が外へ出てきた。聞こえなかったのか、と手を振った時、伊森が後ろから抱きついてきた。足が滑り、尻餅をつく。

直後、頭上の空気が震えた。

目をやり、ぎょっとする。眼鏡男が３Ｄプリント銃を構えていた。宇田が３Ｄプリント銃を配ったのは、町の住民だけではないようだ。大方、自衛のためですよとか吹きこんだのだろう。

「動くな！」という言葉を無視し、木屋川が３Ｄプリント銃の引き金を引いた。腕に軽い反動を味わう。間もなく、眼鏡男が後方に倒れた。

「急ぐぞ。こうなってくると、誰が敵で誰が味方かわからないな」

「わたし以外、全員敵だってば」

「お前も信じていいのかわからん。見通しの良い階段を使うか、足音の聞き取り安い非常階段、どっちから行く？」

「あんたが決めて。わたし、運がないから」

俺だって、と言いかけて、木屋川は自身にある「運」について考えた。轟が信じていた俺の運、本当に「運」とはあるものなのだろうか。

住民たちに見つからないことが優先だと考え、非常階段を使うことにした。耳をそば立てながら、移動する。３Ｄプリント銃を構え、映画のように銃口を移動させてみる。自分がひどく馬鹿馬鹿しいことをしている気がしてきて、笑ってしまいたくなった。

一階へ下りて、非常口の扉を開ける。意識を集中し、人の気配を探す。目をやると、こちらに背を向けている男女が二人いた。

咲千夏《せちか》を探しに来た、町の住民だろう。

どうする？　と逡巡したが、彼らの手には3Dプリント銃が握られて、手からは血がしたたり落ちていた。殺したんなら、お前らも殺されても文句はねえよな。

三、二、と指を折り、伊森に合図を送る。

扉を開けて、飛び出す。

咄嗟の事態に対応できるほど、彼らは慣れていない。木屋川は男の鳩尾《みぞおち》へ拳を叩《たた》きこむ。前屈みになった顔に手をかけ、回す。鈍い感触が伝わる。ゴキリ、と音が鳴り、首の骨が折れる。女のほうは、いつの間にかうつ伏せに倒されていた。倒れた女の首を、伊森が思いっきり踏みつける。女の呻《うめ》き声が響き、目をかっと見開いたまま動かなくなった。

一般客用の廊下が続く。左に曲がればエントランスへ、右に曲がれば劇場がある。角に立ち、人の往来を確認する。いない、いない、今のうちだ。

劇場は、百名程度の客席が並び、ミニシアターのようになっている。映画の上映をすることもあれば、演奏会が行われることもあった。舞台袖から、従業員用通路へ移動できる。そこから、外へ出られるはずだ。

劇場の扉を開け、中を確認する。木屋川と伊森が同時に舌打ちをした。

劇場の中には、座席や通路をうろうろとしている人影が見えた。黒服スーツではなく、その辺にいそうな格好をしていた。宇田に煽《あお》られた湊明町の住民連中だろう。

「咲千夏ちゃーん」「咲千夏ちゃーん」「咲千夏ちゃーん」「咲千夏ちゃーん」

彼らの手に握られているものを認識する。カラフルな3Dプリント銃だ。

やはり、一見しただけでは玩具《おもちゃ》に見える。おそらく宇田は、「これはただの脅しですよ。実際には使いません」とか言って配ったのだろう。見かけに騙《だま》されて、ないよりはいいかと手に取ったに違いない。

「俺が注意を引く。伊森は、舞台袖から先に行ってくれ」

「尊い犠牲だね」伊森がポケットから折り畳みナイフを取り出し、木屋川へ差し出す。

「駐車場で車を用意しておけよ」木屋川がナイフを受け取り、刃を出して準備をする。

「わかってるって」
三、二、と再び指を折り、伊森と息を合わせる。
木屋川が先に劇場へ飛びこんだ。べっとりと返り血を浴びた連中と目が合う。

3Dプリント銃を構え、木屋川は連続して引き金を引いた。反動と共に、チェックのシャツを着た男がひっくり返る。

視線が集まる。敵意を剝《む》き出しにされ、あちこちで怒声があがった。3Dプリント銃がこちらに向けられる。ぱあん、と破裂する音が響き、弾丸が空気を貫く。後方の壁へ衝突する音がした。撃ち返そうとしたが、弾切れになっていたので捨てる。

座席と座席の間に身を隠しながら、移動する。チェックシャツ男が落とした3Dプリント銃を拾う。すぐさま、座席の隙間から銃口を向けて狙う。引き金を引く。白髪の男の肩と胸に命中した。弾切れになり、また捨てる。

白髪男が倒れる間際に、自身の３Ｄプリント銃を発砲した。流れ弾が当たった女の悲鳴が聞こえた。木屋川は飛び出し、そばにある椅子の陰に隠れる。

景気のいい発砲音と怒号が響き渡り、火薬の臭いに溢《あふ》れていく。劇場で暴力の演目が始まった。目をやると、身を屈めた伊森が舞台袖の「非常口」へと走っていった。

女が駆け下りてきたので、木屋川は脛《すね》へ目掛けてナイフを振り下ろす。肉を切り裂く感触が伝わる。腱《けん》を切られた女が、前のめりに倒れ、客席を転がり落ちていった。

女が落とした３Ｄプリント銃を拾い、椅子の隙間から窺《うかが》う。目を泳がせながら、階段を下りるＧジャン男に銃口を向けた。壊れるんじゃねえぞ、と念じながら引き金を引く。小さな衝撃が腕を走り、Ｇジャン男が跳ね、崩れた。弾切れになり、また捨てる。

見つかる前に、場所を移す。木屋川は椅子から椅子へ飛び移った。

３Ｄプリント銃を拾い、撃ち、場所を移し、を繰り返す。その間も、木屋川は思考を巡らせる。どうやって終わらせる。全員殺すか？　十人近くいたぞ。

轟の部下共は何をしているんだ。まさか一般人にあっさり殺されたんじゃねえだろうな。だが、ありえるかもしれないと考えを改める。油断こそが最大の敵だ。

引き金を引くというわずかな動作で人が死ぬのだから、なおさらだ。罪悪感を感じる暇もないだろう。それでも仲間の姿が一人また一人と消えていく光景と、無残な死体を見て、住民たちが冷静になっていくのを木屋川は感じた。劇場内の温度が下がっていくようだ。

最後の一人に狙いを定め、引き金を引く。倒れる姿を見ても達成感はなかった。殺すしかなかったのだろうか。そう考える間もなく、声が耳に届いた。

「木屋川くーん、大人しく出ておいでよ」

舌打ちを、ぐっと堪《こら》えた。

視線の先、舞台の上に宇田がいた。宇田の前に小学校低学年程度のパジャマを着た男の子がおり、泣き腫らした顔をしている。

宇田が手にしている拳銃の銃口を、男子の頬にぐりぐりと押し付ける。男子が嗚咽《おえつ》を洩らすと、「っせーぞ」と頭を叩いた。

木屋川の頭に、血が昇る。

五月女の前に、殺さないといけない奴がいた。

「撃っちゃうよ？　殺しちゃうよ？　可哀そうな子供を見殺しにするのかい？」

舌打ちをし、木屋川は身を起こした。

宇田は目が合うと、嫌らしく唇の端を吊《つ》り上げた。

「銃を捨てて、もっと近くにおいでよ」

木屋川はそれを視界の端で確認しつつ、銃を放って舞台の上へ向かう。

「木屋川くんは、根が優しいよねえ。そんなんだと、死んじゃうよ」

「お前はどこまでも腐った野郎だな」

宇田が拳銃を構え、発砲する。木屋川の左足、大腿《ふともも》のあたりへ命中した。肉が弾《はじ》けるような痛みと熱が、木屋川の身体を駆け抜けた。呻きそうになるのを、堪える。

お前だけ本物を持ってるのは狡《ずる》いじゃねえかよ。

「怖い顔だなあ」

にやにやと笑いながら、宇田が男子を連れたまま近づいて来る。

「宇田、鼻どうしたんだ？　曲がっちまってるぞ」

「お前のそういうとこ、昔からむかついてたんだよね。脳みそがないくせに」

宇田は狡賢い。だから、間合いを取りながら、両足と脇腹に弾丸を撃ちこんできた。弾丸によって、肉を強引に千切られるような激痛が走った。内臓が傷つかなければ死にゃあしねえだろう。木屋川はそう考えていたのだが、これはまずいかもしれない。

武器もなく、膝から崩れた木屋川を見て、宇田が歩み寄って来る。唇の端を上げ、恍惚《こうこつ》とした顔つきをしていた。だが、視界の端で子供が舞台袖のほうへ逃げて行ったのが見えたので、木屋川は心の底から安堵した。

「死ぬ間際に、気色の悪い面を見せるんじゃねえよ」

「よく拝んでおきなよ。地獄でも思い出せるように」

拳銃はない。ナイフもない。メスも３Ｄプリント銃もない。終わったな。そう思いながら、ポケットに手を入れると、感触があった。なんだよ、すっかり忘れていた。

木屋川が咳《せ》きこみ、口から血を吐き出す。前屈みに倒れこんだ。

「おいおい、まだ死なないでよ。つまらないなあ。もうちょっと楽しませてくれよ。ここのガキどものほうがガッツがあったよ。ファイト!」

宇田の声が頭上から降ってくる。革靴で蹴られ、木屋川の身体を転がり、仰向けになった。だが、準備は、もう終わった。

木屋川が右腕を動かし、注射針を宇田の足首の当たりに突き刺した。

宇田がぎょっとした様子で、木屋川の腕を振り払う。

「象も気絶するらしいぞ」

ぞう?　と眉をひそめながら、宇田が支えを失ったようにどさりと倒れた。木屋川の眼前で、目を剝いたまま動かなくなる。

「だから、気色の悪い面を」見せるんじゃねえよ。木屋川がもぞもぞと身体を動かす。膝に力をこめて立ち上がり、空中を眺めている宇田の背広を漁《あさ》る。

意識が遠のいていることを覚えながら、木屋川は肉体の痛みに意識を集中した。激流の中で、小さな枝につかまっているような気分だ。痛みがある内は生きている。

木屋川は宇田のポケットから、目当てのものを見つけた。オイル式のジッポライターだ。

宇田はまだ意識があるようで、茶色い瞳が木屋川の動向を追っている。

「映画だったらきっと、煙草を咥《くわ》えて死ぬんだろうな。でも、俺は、親が煙草を吸ってたから、あれが大嫌いなんだよ」

ライターの蓋を開ける。親指を乗せ、ホイールを回転させた。じゃりっとした音と共に、火がともった。うっとり見入ってしまうような、そんな温かみがある。

「返すぞ」

ライターの火が消えないように、そっと宇田の袖あたりに置く。シャツが焦げ始める。火が新しい寄生先を見つけた生き物のように、嬉々《きき》とした様子で洒落《しゃれ》た背広に燃え移る。

宇田の目が、炎を追っている。頰が引き攣《つ》り、目を剝いているように見えた。無表情の中に、しっかりと恐怖を見て取ることができた。

宇田の始末は終わった。

残すは、五月女だ。

そう思った矢先、

「咲千夏ちゃあん」「咲千夏ちゃあん」「咲千夏ちゃあん」と声が響いてきた。その声色は妙な温度だった。一つの言葉しか喋《しゃべ》れなくない亡者のようだ。薬物でも使用しているのかもしれない。

劇場の中に、湊明町の住民たちがぞろぞろと雪崩《なだ》れこんでくる。

目が合う。

あちこちで倒れている近所の人々、燃えている宇田、そして血を流しながら立っている強面《こわもて》の自分、何を考えているのか、木屋川には手に取るようにわかった。

木屋川が舌打ちをする。

連中の目つきが変わった。敵意を剝き出しにし、喚《わめ》き声をあげた。3Dプリント銃がこちらに向けられる。

住民たちが、一斉に引き金を引いた。

39 夏目

「その名前を、どこで」

バリステムジカ。

夏目から真前を呼ばれた五月女が、顔を強張《こわば》らせている。

「美樹さんの焼け落ちた部屋でノートを見つけた。美樹さんはお前のことを怪しんで、調べてたんだ。どれだけ演技をしても、愛想を振りまいていても、見抜かれていたんだよ。この間抜けが」

冷笑を浮かべる夏目の顔の左半分が、火傷《やけど》で赤くなっている。

「持っているものを、テーブルの上に置いて座れ！」

夏目が怒鳴ると、五月女が固まった。五月女が手にしているのは、くの字型をした工具のようだった。安っぽい水色をしていて、物騒なのかポップなのか判然としない。だけど確かなことは、五月女が夏目の言うことを聞き、その銃のようなものをテーブルの上に置いたことだった。

五月女がわなわなと唇を震わせながら、不本意そうに椅子に腰かけた。

「名前を知られたら命令に絶対従うってのはマジみたいだな」

これから時間をかけていたぶり、ぶっ殺してやる。だけど、その前にやらなければならないことがあった。

「お前には地獄を見せてやる。死ぬまで死ぬほど後悔させてやる。だけど、その前に答えろ。美樹さんはどこにいる」

「美樹？」

「バリステムジカ、さっさと答えろ。水野原美樹はどこにいる」

「あなた、むかつくガキになったわね」

口にしながら、五月女がゆっくりと、肩にかけたショールを脱いでいく。雪原のような白い肌があらわになっていく。官能的な光景にも見えて、ぞわぞわする。だけど、肘の上あたりまでやってくると、左腕の白い肌に浮き上がっているものが見えた。ミミズ腫れのような、そんな膨らみだ。何か、手術の痕のようだ。

初め、夏目はきょとんとした。だが、何かに気づいた様子で大きく息を吸いこむ。

「子供の頃に怪我をしたの。恥ずかしい話なんだけれど、自転車に乗っていたら小さな子供が飛び出して来ちゃって。慌ててハンドルを切ったんだけど、そのせいでガードレールに突っこんだのよ。手術をしても痕になっちゃったし、まったく馬鹿なことをしたわよね」

「どういうことだよ？　お前、お前」夏目がわなわなと唇を震わせる。

「その飛び出して来た子供の名前、なんて言ったかしら。確か、お花の名前だったのよね。ああ、そうそう、ジャスミン、茉莉ちゃん」

美樹さんは、あたしのせいで怪我をした。なのに、彼女は笑って許してくれた。それどころか、「大丈夫？　怪我はない？」とあたしの身を案じてくれた。あの時、あたしは、こんなに優しい人がいるのかと驚いた。水野原美樹が俳優になると目を輝かせて話をしていた時、応援しながらも、自分が負わせてしまった怪我が邪魔になるんじゃないかと怖かった。

「この状態のコウテイペンギンちゃんって、生きてるのかしら。それとも死んでいるのかしら。ねえ、茉莉ちゃんはどう思う？」

あの身体は美樹さんだ。でも、顔は四木だった。何がどうなっているのか、理解が追いつかない。が、瞬間、頭に血が昇った。

「ぶっ殺してやる」

夏目がそう口にして、つかみ掛かろうとした時、客間にふらりと人が現れた。

朝比《あさひ》だ。

「戻って来て、正解でした。やっと本性を顕《あらわ》したみたいですね」

朝比の表情は曇っている。眉をひそめ、睨むような鋭い目つきをしていた。

その視線の先にいるのは、五月女ではなく自分だった。

朝比の手にも、３Ｄプリント銃が握られている。

銃口の先にいるのも、あたしだ。

「五月女さんの家に人がいなくなったら、あなたが乗りこんで何かするんじゃないかって思ったんです。最初から、殺すつもりだったんですね」

「朝比、違うんだ」

「何が違うんですか」

「そいつは、魔女だ」

「またそれですか。そういうこと言うのは、映画の中だけにしてくださいよ」

そう口にした朝比の目には、強い意志が宿っているのが見て取れた。

それはとても真っすぐで、正しいことをするためなら何をしてもいいと考えているような迷いのない顔をしている。

だけど、それが狂気だ。

「その女は、十年前に長崎県の世暮島という島にいた。人口が五百人もない小さな島だ。みんな顔馴染《かおなじ》みで、鬱陶しい時もあるけど仲が良かった。だけど、四木《しき》が来てから三ヶ月後、六十三人の人間が死んだ」

「わたしも調べましたけど、死者は二十四名でしたよね。それに殺人じゃなくて事故です」

「行方不明者も入れたら、六十三人だ。島の恥だし、遺体は全部隠された。ほとんど台風のせいにして、行方不明者扱いになったんだ」

「そんな陰謀じみた」

「事実だよ。考えられないことだけど、みんなが島にゾンビとか吸血鬼とか、とにかく人間じゃない何かが紛れこんで乗っ取ろうとしているって思いこんだんだ」

「ゾンビ、吸血鬼」馬鹿じゃないですか、と朝比が鼻で笑う。

「もちろん、正気だったらそんなことあり得ないとはわかる。あの時はみんな、どうかしていた。だから、島の恥を隠すことにしたんだ」

「五月女さんが魔女だとか、大変なことが起こるとか、町が危ないとか人が大勢死ぬとか。挙句、ゾンビや吸血鬼？　話が通じないですよ」

「話が通じないのは、あんただよ。世暮島と同じことが起こるなら、もう仕込みは終わっている。もう既に始まっているかもしれない。女の子が行方不明になったんだろ？」

「なにか事件が起きたら、全部五月女さんのせいですか。全然論理的じゃないですね」

「でも、知ってるんだ。あたしは――」

「夏目さんが世暮島にいたってことは、薄々わかってましたよ。水野原さんの話をしている時に熱がありましたし」

言葉を遮られ、見抜かれていたことに夏目は動揺したが、自分の嘘《うそ》の下手さに自嘲した。それよりも、その証言をもってしても、朝比の態度が依然として頑《かたく》なことが歯がゆい。

「興信所で働いているのは本当だよ。所長からは便利に使われているだけな気もするけど、それでも調べる力は身についたと思ってる。だから、その女のことも調べたんだ」

「調べたっていっても、自分の妄想に都合の良い情報を集めただけじゃないんですか。水野原美樹さんが行方不明なのは気の毒ですけど、だからって五月女さんを魔女だなんて騒いで、挙句の果てに殺そうとするなんて許せません」

朝比の銃口は依然として自分へ向けられ、引き金に指がかけられていた。いくら言葉を交わしても、一向に嚙《か》み合わない。どうしてわかってもらえないのか。

このままだと、朝比は間違いなく自分を撃つだろう。銃を向けているのは威嚇ではない。世暮島での経験を持つ夏目には、それがわかってしまった。鼻の奥や脳裏で血の匂いが蘇《よみがえ》る。

テーブルの上に置かれた、五月女の３Ｄプリント銃が目に入る。

「真矢《まや》さん」五月女が呼び、朝比が余所見《よそ》をしたその瞬間、夏目はその3Dプリント銃を手に取った。構え、引き金に指をあて、五月女に向ける。

夏目の手にも自分と同じ武器が握られていると気づき、朝比が顔を強張らせた。

「撃つな！」

夏目が大声をあげる。

「あたしはあんたを撃つ気はないんだ」

「五月女さんを撃つんですか？」

訊ねられ、目をやると、五月女が白々しく怯《おび》えるような顔をした。舌打ちを我慢する。

「だったら、わたしは夏目さんを撃ちますよ」

どうしたらいいのか。頭の中でいくら考えても、夏目の頭の中では打開策が思い浮かばない。美樹さんなら、この事態をどうやって解決しただろうか。人の輪を大切にした彼女なら。

だけど美樹さんはもう。五月女を睨みつけると、朝比から見えないのをいいことに、不思議そうな顔をしていた。撃たないの？　とでも言いたげだ。

魔女を殺したい。復讐《ふくしゅう》がしたい。

引き金に指を添える。

その時、頭の中で声が響いた。

『朝比が真剣に作るものを、色眼鏡かけて見てもらいたくねえ』

赤木《あかぎ》の言葉だ。

もし、自分が五月女を撃てば、朝比は間違いなく自分を撃つだろう。そうなれば、あたしは撃たれる。きっと殺される。そうなると、目をきらきらさせて「映画監督になりたい」と語っていた朝比の夢は潰《つい》えてしまう。

俳優になる、真っすぐ未来を見て語っていた水野原美樹の顔を思い出してしまった。

あたしは、無力だ。

そんなあたしが唯一できることは——

「朝比、話し合おう。その女が魔女だっていうことを、ちゃんと説明するよ」

相手を信じることだ。人間には、互いを認め合う力があるはずだ。

夏目がテーブルの上に3Dプリント銃をそっと置いた。ちらりと横目で見ると、五月女がきょとんとしていた。人間には、理性がある。優しさがある。それをお前にはわからないのだろう。

直後、ぱあん、と空気が破裂するような音が響いた。

音がして、夏目の身体が震える。だけど、銃弾が自分に当たったような衝撃はない。五月女も、眉一つ動かさず座っている。

発砲音もした。暴力的な火薬の匂いもする。

直後、獣じみた絶叫が響いた。

叫び声の主は、朝比だった。手には、3Dプリント銃は握られていない。それどころか、彼女の右手が歪《いびつ》な形に歪んでいた。手のひらが抉《えぐ》れ、指が失せ、数本残った指が細い枝のように折れ曲がって変形していた。骨が、肉が露《あら》わになっている。血がぼたぼたと止めどなくこぼれ落ちていく。

「朝比！」

駆け寄りながら、銃が暴発して朝比の右手を吹き飛ばしたんだと察した。

事故？　違う。きっと、五月女はその銃がそうなることを知っていたのだ。全て、五月女の書いた筋書き通りだったのだろう。その証拠に、五月女は目を爛々《らんらん》とさせて、のたうつ朝比を見下ろしている。

親しい人間同士が疑い合い、潰し合うのを見るために、あたしたちは利用された。

あたしが気づいていれば。後悔が渦を巻き、目頭が熱くなる。

悶《もだ》え苦しむ朝比の、首や胸にも破片が刺さっていた。じんわりと血が浮かび上がっている。痛々しくて目を逸《そ》らしたい気持ちを押し殺す。

「ぶっ殺してやる！」

夏目がテーブルの上の3Dプリント銃を手に取った。

「あなたたちの銃、撃つと手元で暴発するようになっていたのよ。朝比さん、折角あなたを殺すつもりだったのに残念ね。で、あなたはどうするのかしら。あなたに、私が殺せるの？」

　五月女が足を組み、夏目を観察する。

　大きな瞳が、瞬きもせずに、じっとあたしを見つめている。そこには、温もりも冷たさもなかった。読み取れる感情がない。それでも、目を背けることができなかった。視線を離した瞬間に捕食される、そんな悪い想像に襲われる。怖ろしい妄想が頭から離れない。口内が渇き、体中が冷えていく。

　五月女が右手の人差し指を立て、空気を攪拌《かくはん》するようにぐるぐると回し始めた。

　やっと目を離すことができた。そう思ったのに、今度は回転する指先から目を離すことができない。どこを見たらいいのかわからない。五月女の目を見ることは、もう怖ろしくてしたくなかった。目が回り、そのまま遠心力のように意識が遠くへ引き離されていくようだ。

　このままだと、五月女に「腕を上げて」と言われたらそれに従い、「お座り」と言われたら座り、「死んで」と言われたら喜んで自分の首を切ってしまう。

　だったら、いっそのこと……そんな考えが浮かんだ時、はたと思い至ることがあった。

　朝比が瀕死に陥り、頭が真っ白になっていたけど、あたしにはできることがある。飲まれるな。あたしのほうが、優位なんだ。

「あたしは、お前を殺せないいし」

「でしょうね。その銃も不幸な事故が起こるものかもしれないし」

「だから、殺すのはお前自身だ」

五月女が小首を傾げる。余裕ぶっているのも、今のうちだ。

夏目は内なる勇気を集め、言葉を発する。

「バリステムジカ、死ね」

魔女は、名前を知られた相手に服従する。ならば、「死ね」と言われたら、死ぬしかないはずだ。

夏目は固唾を飲み、五月女の反応を待った。室内が波を打ったように静まり返る。ひりつくような静寂に包まれ、息ができないほどの緊張に襲われた。

五月女が、ふっと息を吐く。ぴんと張り詰めていた空気が緩む。

「あなたのことを見くびっていたわ。まさか、あなたの口からそう言われるとは思っていなかったものですから。ねえ、今ならまだ間に合うわ。撤回してちょうだい。私は、あなたに忠誠を誓うわ。あなたの願い事なら、なんでも叶《かな》えてあげる。あなたが望むものを全てあげるし、不安は全部取り除いてあげる。あなたに幸福を約束するから、お願い」

「くたばれっつってんだよ」

とんとん、と五月女が椅子の肘置きを指先で叩く。

「よりにもよって、人間ごときに名前を知られてしまうなんて。長生きはするものじゃないわね。だけど、既に火は炎になり、町に広がっているわよ。わたしがいなくなった後も、全てなくなるでしょうね。でも、まあ、もういいわ」

ふふふ、と五月女が笑みを漏らす。死ぬ間際の、諦観からくる自嘲だろうか。

「そうねえ。あなたのことはどうでもいいと思っていたわ。鬱陶しい羽虫がそばを飛んでも、あなただって『あの時の虫だわ』って思わないでしょう？　あらら、せっかく助かったのに馬鹿な人間、そう思うんじゃないかしら。正直、あなたたちのことは、ただの退屈しのぎにしか思っていなかったのだけれど」

五月女が、椅子から立ち上がる。

「久しぶりに楽しかったわ」

「あれ」何かおかしい。

「遊びはもうおしまい。あなたは私の予測通りここに来た。でも、もう退場してもらわないと」

「どうして」どうして立ち上がれる？　座っていろという命令は解いていない。

「あなた、台詞を間違えたわよ。『くたばれ』じゃなくて、『人間をなめるな』って言わないと。ペンギンちゃんのファンなのに、台本は読んでいないの？」

「台本？」

「読んだんでしょう？　役作りのためのノート」

役作り？

「ペンギンちゃん、映画に出演する予定だったって聞いていないの？　魔女と仲良くなる若い娘。脇役なのに一生懸命、魔女の設定を調べてがんばっていたのよ」

台本、役作り、魔女の設定、言葉が繋《つな》がっていき、自分がとんでもない勘違いをしていたのだと、思い至る。

「嘘のコツは本当のことをちょっと混ぜることよ」

つまり、こういうことだ。

あたしは、五月女のことを魔女だと思った。その根拠は、世暮島での惨劇を経験し、美樹さんの家にあったノートを読んだからだ。

だから、あたしは、四木を、目の前の五月女のことを、魔女だと思いこんだ。

だけど、五月女はバリステムジカなんていう魔女ではない。名前に効力なんてない。

五月女は、自分たちが誤解をしていることを知っていて、演技をして弄んで楽しんでいたのだ。

だけど、本当にそうなのだろうか？

世暮島でのあの凄惨な事件や、地下で見たものは一体なんだったのか。説明がつかない。

あたしはノート一つで、この女が魔女だと信じたわけではない。だって――

「あなたがやるべきことを教えてあげる」

わからない。夏目はもう、自信を全て失ってしまった。

わからない。

「死になさい」

息を吹きかけるような、ささやかな声色だった。

意識が、闇に、消える。

40　椿《つばき》

世暮島と湊明町、不死身の研究、四木と五月女、そして目の前にいる六鹿《むしか》。

いよいよ確信へ迫ってきた。

「よく似ていますけど、別人ですよ」

ホテルコーストを訪れている映像を見てもなお、六鹿は口元に笑みを湛《たた》えている。他には？　と言われているようだ。もちろん、ありますよ。

「その女性は五月女と呼ばれていました」

胸ポケットから手帳を取り出し、中から写真を抜き出す。それを一枚テーブルに置いた。

湊明町にある屋敷での集合写真だ。絵画の並ぶ広い部屋の写真で、笑顔の近隣住民に囲まれた六鹿が写っている。

「彼らに見覚えはないですか？」

「ありません」

六鹿は顔色一つ変えない。動揺が見られない。だが、勝利は目前だ。

「彼女は五月女と呼ばれていました」

「他人の空似ですね。自分に似た顔の人はよくいるものですよ」

「あなたみたいなお綺麗な人がそれを言ってはいけませんよ」

「そっくりだから驚きましたけど、別人です」

「驚いているようには見えませんよ」

椿は思わず苦笑してしまう。

「あなたは『精神の移動』をしている。世暮島で大勢の人が亡くなった騒動の後、四木という女と水野原美樹という女の子が島から消えました。これは、あなたですよね？」

「私？　どっちが？」

「あなたは、四木であり、水野原美樹でもある。そして、乗り移ったことを隠すために、大勢の人間を殺した。木を隠すなら森。ですが、あなたは、全てを隠すために森を焼いた」

「面白いお話ですけど、私が世暮島の四木で、今は水野原美樹の身体を使っている、あなたは本当にそんなことを思っているのかしら？」

「正直に言います。わかっていません」

六鹿が、初めて意外そうな顔をした。

「私はこの事件にのめりこみました。そして公安の古い資料の中に、『湊明町には魔女が住んでいる』というものを見つけました。なんでも特殊な植物を調合し、他人の意識を操るそうです」

「魔女」と六鹿がこぼし、おかしそうに声を洩らす。「ごめんなさい。ファンタジックなことを真剣な顔でおっしゃるものですから」

「馬鹿馬鹿しいのは同感です。ですが、信頼できる情報元でしてね。私が長年信頼していた公安の人間で、彼は現在行方不明になっています。贈収賄、いわゆる政治とカネを追っていました。彼が初めに追っていたのは、数年前の市長選でした。ちなみに、その市長選に一体いくら動いたと思いますか？」

「おいくらなのかしら」

「百二十億です」

地方都市でのたった一回の選挙で何故こんなに大金が？　数字を数え間違えたのではないか、と椿は何度も確認した。だが、間違いなかった。

思い返せば、過去に一度退かれた統合型リゾート施設が誘致されるきっかけとなる選挙だったので、金が動くことの理由にはなる。とはいえ、破格の額だった。そして、その百二十億のほとんどが個人へと流れていた。

六鹿とは一体何者なのか。

「湊明町であなたが暮らし始める前に、屋敷では画家の夫婦が暮らしていました」

「私ではなく、五月女という方が、ですね」

「その画家夫婦が、いなかったんですよ。存在しなかった。画家夫婦の戸籍はある。でも、全くの別人でした。彼らが一体何者なのか、それはもう誰にもわかりません」

「不思議なお話ですね。でも私、その方たちにお会いしたことがないのでお役に立てないと思いますすよ」

六鹿が、少しだけ目を細める。その瞳は、こちらの攻めに失望をしているように見えた。その程度なのか、と。もっと楽しみたいと思っているのは、お互い様のようだ。

「もっと、面白いものをお見せします」

手帳から更に写真を抜き出す。それを一枚ずつ、テーブルに並べていく。

「先ほど、八百比丘尼《やおびくに》伝説は全国に百六十六ヶ所あるとお話しましたよね。そこを調べてみたのですが、規模の大小はあるものの、大勢の人が亡くなっている事件がいくつか起きていました。そして、当時の写真にはこのように、あなたそっくりの人間が写っている」

集合写真やスナップ写真、たまたま写りこんだと思えるものもあるが、どの写真にも写っているのは、六鹿その人だった。百人見たら百人が同じ人だと直感的に思うだろう。

「ずいぶん古いものもあるようですけど」

「ええ、大正時代のものもありました」

「それも私だと？」

「違うんですか？」

夜の浅草、劇場の前で六鹿が釣鐘型の洒落た帽子を被って写っている。他にも、どこか学校の体育館と思《おぼ》しき場所で女学生たちに囲まれて写っている六鹿のモノクロ写真もある。和装も洋装も、髪型も短いものも長いものもある。共通しているのは、六鹿の美貌と、彼女が周りから好かれているようだとわかることだ。

「ペンシルベニアやセイレムは調べていないの？」

「いるんですか？」

「いるかもしれませんよ？」

六鹿が愉快そうに笑う。大人の女性というよりも、うら若い少女のようにも見えた。

椿はジャーナリスト人生のほとんどを、六鹿を調べることに費やしてきた。だが、いくら調べてみても六鹿の実態をつかむことができなかった。

自分は幻影を追い、妄想の世界に浸っているのではないかと不安になる日々を送っていた。

だが、目の前に六鹿はいた。

では、肉体を乗り変えているはずの六鹿の容姿が一切変わらないことはどう説明できる？

例えば子供に精神を乗り変えると、成長するにつれてその子供はどんどんと背格好や顔が六鹿に変態するのではないか。そしてまた、新たな身体へ移っていくのではないか。身体を乗っ取る際に、目くらましとして殺戮《さつりく》を起こしているのではないか。全国各地、果ては世界中に、不老不死や魔術など似たような伝承があるのはそれらが宗教から生まれた物語ではなく、既にある脅威を宗教が利用していたからではないか。

そんな空想までしてしまう。

直接六鹿と対峙《たいじ》し、話をすれば何かがわかると思っていた。しかし、いくら言葉を交わしても、表情や仕草を観察しても、六鹿にはつかみどころがない。

それでも、結論は出た。

六鹿はこうして存在している。それは揺るがぬ事実だ。

「それで、あなたは何をどう思ってらっしゃるの？」

「私はリアリストです。あなたはもちろん、人間だ。だが、普通の人間ではない。特殊な催眠術をあなたは扱える。その催眠術を使って定期的に大金を稼いでいる。お偉いさんたちはそれを利用したいから、あなたがたまに人々に殺し合いをさせているのを見逃している。写真はあなたの親や先祖で、あなた自身の外見は整形手術で若さを維持している。これが私の導き出した結論です。ちなみに、逃げられませんよ。この屋敷に入る前、警察の信頼できる人間を呼びました。あなたは教唆犯として罪を問われるでしょう。そして、真実が白日の下に晒《さら》されるのです」

六鹿が、椅子から立ち上がる。所作に合わせて、ふわりと気持ちが和らぐ香りがした。鼻腔《びこう》をくすぐり、頭がくらっとする。

改めて、椿は室内を見る。床は磨かれ、鈍く光を反射している。調度品はアンティークのものが揃《そろ》えられ、センスが良い。壁にはいくつもの鏡がかかっていた。そこには、白髪頭で重そうな老眼鏡をかけた自分の姿が映っていた。自分は、この屋敷になんて似合わないのだろうか。一方で、別のことも思う。

なのに、六鹿はどうしてこんなにふさわしいのか。

椿が目線を移す。六鹿は体温を感じさせない、美しい顔つきで窓の外、夜の海を眺めていた。彼女の幼い頃の顔つきや、年老いた顔つきを想像することができない。今が絶頂であり、今が完璧で、時を感じさせない。

彼女は悠久の存在だ。

何物にも縛られていない。

途端に、椿は自身が披露した推理に自信がなくなってきた。

六鹿がぴんと右手の人差し指を伸ばした。

「私は、世暮島や湊明町、他にもたくさんの場所で、人の心を操りました。植物の特殊な調合により、催眠状態に陥らせて欲望を刺激したり、幻覚を見せて恐怖で思いのままにしていました。不老不死や精神の移動という嘘で欺き、不安と欲望を焚《た》きつけて、殺し合いをさせました。理由は、大勢の人が私の言う通りに動くのが楽しいからです」

六鹿が自供とも取れることを語り出し、椿は慌てて背筋を正した。

ついに、真実が語られた！　彼女の言うことが本当ならば、動機を解明したい。どうしてそのようなこと、他人の命を使って平然と遊ぶ人格が形成されたのか、過去に何があったのか、真実を知りたい。握る拳に力が籠もる。

私の勝利だ！　内心で叫びながら、六鹿を見据えた。

が、六鹿は微笑んでいた。

「私は、はるか昔から一人で生きている魔女。人の心をたぶらかし、破滅させる。永遠の責め苦へ導き、地上の人間の社会的不安を焚きつけて、平静心を壊す。支配者と民、親と子、夫と妻、肉体と心の間に諍《いさか》いを起こす。永遠の命という甘い毒で大勢の人を殺す」

何を言い足したのかと、椿は眉をひそめた。

二通りの供述が、どちらを聞いても、やはりそうだったかと納得してしまう自分がいた。

戸惑い、心が乱れる。

頼む。本当のことを教えてくれ。

知りたい、どうしても真実が知りたい。無知は罪だ。私は、ジャーナリストだ。何も知らずにのうのうと生きることは恥だ。私は既に、一度真実を逃した。五月女の話を聞いた時、本気で調査をしなかった。だから、知らなければならない。やり直すのだ。真実を知ることこそ、人間として正しい行為だ。

「真実はどっちなんだ？　お前は人間なのか？　魔女なのか？」

椿はそう口にしたつもりが、声が出なかった。身体が、床にがくりと倒れる。腕で防ぐことができず顔面を床に打ったが、痺《しび》れや痛みも感じなかった。

人間が飲み物に毒を盛ったのか、それともこの香りは魔女の放つものなのか。それすらも、私ではわからないのか。

後方でドアが開く音がした。椿が目をやると、連絡を入れていた警察官がやって来た。応援だ。助かった。

そう思ったのも束の間、彼以外にも何人もの足音が聞こえた。警察官たちから両脇をつかまれる。そのまま、ずるずると引きずられるように、外へと運ばれていく。

六鹿が立てていた人差し指をくるくると回す。宙をかき混ぜるような動きだ。

その癖に既視感があり、はっとした。椿が頭の中で記憶が刻まれた本のページを捲《めく》る。

「お前とは昔会ったことがある。ファミリーレストランで。まさか、お前は――」

六鹿が私を見て微笑んでいる。

椿はその完璧な笑顔を見て、人間は決して彼女を暴くことはできないのだなと悟った。

あれは決して揺るがぬ勝者の笑顔だ。

六鹿が指を止め、唇を動かす。

「どっちだと思う?」

41　木屋川

黒いセダンのシートベルトを外し、ドアを開けて、木屋川は外に出た。

「木屋川さ、わたしはあんたが怖いよ」運転席の伊森が、声をあげる。茶化すような気配はなく、困惑が滲《にじ》んでいる。

「俺もだ」

劇場で住民たちが一斉に3Dプリント銃の引き金を引いた。

だが、木屋川に弾丸は届くことはなかった。暴発したのだ。町の住民たちの手が吹き飛び、木屋川はその隙に裏口へと駆けて待機していた伊森の車に飛びこんだ。

轟が妄信したのは、五月女の甘い嘘だけではなく、木屋川の運もある。後者は本当なのではないかと、木屋川は自分のことながら末怖ろしさを感じた。

五月女の屋敷は、室内に明かりがともり、煌々《こうこう》と光を放っていた。気取った塔屋は町のあちこちで何があろうが、子供が行方不明になろうが、人が殺し合いをしようが、我関せずとすましているようだった。

「五月女を殺した後、わたしの部下になる気ある？」

「あると思うか？」

「ないわなあ」

「一緒に咲千夏を探しに行って、見つけたら教えてくれないか？」

「わたしにそんな人情があると思う？」

「ねえな」

じゃあなと手を振ると、伊森の運転するセダンは走り去っていった。

木屋川はふーっと長い息を吐く。撃たれた左足、脇腹、肩がずきずきとしつこく痛む。さっさと終わらせなければ、俺も危ないかもしれない。

屋敷の門を抜け、中へと足を踏み入れた。

玄関ホールに立つと、人々の話声が耳に飛びこんできた。それは談笑する和やかな声であったり、決起するための激しい合図の声であったり、様々だ。残留している思いや熱量を感じるが、その実体はない。声は客間や二階から響いてきて、具体的な見当がつかない。壁や床、天井、あちこちから飛んでくる。

この屋敷はおかしい。木屋川は神経を逆撫《さかな》でされるような気色の悪さを覚えた。

二階へ延びる階段を何者かが駆け下りる音が聞こえるが、誰の姿もいない。

幽霊屋敷、かつてこの家はそう呼ばれていたらしい。

また頭上から、パタパタと足音が聞こえた気がした。幻聴かもしれないが、誰かがいるかもしれない。ゆっくりと足音が鳴らないように、息を殺して階段を上がる。

二階の廊下には、扉が二つあった。手前の扉を開けて、木屋川が隙間から中を覗《のぞ》く。

両サイドの壁は本棚になっており、隙間なく分厚い書籍が並んでいる。書斎だった。雑誌や小説ではなく、どこかの研究室のように古い資料が並んでいる。誰もいない。柔らかい絨毯《じゅうたん》を踏み進め、一冊適当に抜き取る。

開いてみると、それは植物の絵が描かれた洋書だった。英語ではなかった。言語がわからなくて解読できない。裸の人間たちが、食虫植物のようなグロテスクな形をしたものに絡まっていて、気味が悪い。吐き気を覚えて、机の上に置いた。

視線を走らせると、本棚の陰に扉があった。真鍮《しんちゅう》のドアノブを回し、引く。

そこには窓際に置かれた台座を囲むように、キャンバスの乗ったイーゼルがずらっと並んでいる。五月女がピアノや絵画を教えているという話を、聞いたことがあった。町の人々が揃いもそろって、そんなに芸術に関心があるとは思えない。おそらく、五月女の家に来る口実の一つだったのではないか。

なんの気なくキャンバスに目をやり、木屋川はぎょっとした。

そこに描かれていたのは、油絵だった。

椅子に座っている黒いパーティドレスを着た女性の絵だ。首回りのシースルーや、袖や裾に施された植物の刺繍《ししゅう》も丁寧に描きこまれている。気品を絵全体が醸し出している。なのに、顔だけが真っ白だった。

卵のようにつるりとし、目も鼻も何もない。

異様な絵に驚きつつ周囲に目を配る。全身が総毛立つ。並んでいるキャンバス、全ての絵が、同様だった。上手い下手に関係がなく、ディティールまで丁寧に描いているにも関わらず、顔だけが真っ白だ。

描かれてないわけじゃない。白い絵の具でしっかりと立体的に描かれている。

ここにいた連中は、一体何を見ていたのか。木屋川が眉をひそめ、瞬きをした。目を開け、ぎょっとする。

空席だったはずの椅子全てに、大勢の人が座っていた。絵筆がたしたしと音を立てながら、キャンバスに色を落としている。みなが一心不乱に、白い顔を描き上げようと夢中になっていた。

「やめろ」

木屋川が声をかけると、一斉に手が止まった。そして、不思議そうな顔をして木屋川のほうを向いた。目が力強く見開かれているのに、感情を読み取れない。

襲われる、と木屋川が身構えた。

が、瞬きをすると絵を描いていた人々は消え、不気味な絵だけが残っていた。

頭がぐわんぐわんと揺れる。変な匂いがする。火薬や血ではない。青臭さと甘い香り、腐ったようなきつい匂いが直接脳を刺激してくる。手を振り払ってみるが、身体の撃たれた箇所が痛みを訴えてくるだけだった。

ここを出なければ。部屋の隅に、隣室へと続く扉を見つけて移動する。

ドアノブを回すと、そこはまた書斎だった。ずいぶん勉強熱心じゃないかと思ったが、机に目が止まった。木屋川の背筋が凍る。

机の上には、赤い表紙の分厚い本が置いてあった。おそるおそる手を伸ばし、開く。

そこには、裸の人々と食虫植物のような絵が描かれていた。

これは、さっき自分が本棚から手に取り、机に置いたものだ。間違いない。本に血がついているが、それは自分の手から移ったものだ。

「おいおいおいおい」どうなってるんだ。

ここにいてはまずい。部屋ごと溶かされる。自分はもう胃袋の中にいるのだ。そんな心持ちになった。何故そう思うかはわからないが、そう強く感じた。

足元がぐにゃぐにゃと波打つ。歩くたびに、身体が跳ねるようだった。吐き気を堪えながら、足を動かし続ける。

扉を開けると、また絵画の部屋だった。キャンバスが木屋川を待ち構えていたかのように、こちらを向いている。のっぺらぼうが、自分を見ている。息が乱れる。

木屋川は駆け足で部屋を横切り、奥の扉を開けた。

そこはまた、書斎だった。机には赤い本が置かれている。狂ってしまいそうだ。いや、もう狂っているのか。

足を止めるわけにはいかない。ひたすら走り、扉を開け、部屋を横切り、扉を開け、書斎と絵画部屋を移動し続ける。絵画部屋の鏡には、住民たちが映っている。三国《みくに》もいる。水族館で水槽の生き物を観察するように、じっとこちらを眺めていた。

息が上がり、足が止まる。ぜえぜえと、犬のように舌を出して、肩を落とす。

睨みつけるように、壁面の鏡を見る。鏡の中に、朝比と夏目を見つけた。

背広のポケットに仕舞っていたスマートフォンが震えた。手に取り、確認する。

『ちょっと、まだ咲千夏って子は見つかってないの？』

「やばい。この屋敷は。進んでも進んでも、同じ部屋に出るんだ」

『……言いにくいんだけどさ、多分あんたの身体から血が流れすぎたんだね。それで、混乱しているのかも』

「かもな」

全身の力が抜けていく。俺は死ぬんだろうな。天国だとか地獄だとか、そういうのはよくわからねえし、神も仏も信じてねえ。お前ら、俺に何もしてくれなかったじゃねえか。でも、地獄は地獄で、クソ親や轟や宇田みたいな奴らがいるんだろうか。あいつらとまた顔を合わせるのはごめんだ。だけど、だ。死んだ人間が、また別の生命として生まれ直すなんて、そんなことを信じているのはきっと人間だけだ。都合のいい妄想だろ、そんなもんは。

死んだら終わりだ。無だ。消えるんだよ。往生際ってやつだ。

耳をすませていると、遠くから音が聞こえてきた。寄せては返す、穏やかな音だ。心地良くてずっと聞いていたい。海だ、波の音だ。潮の香りがする。犬を飼わねえと。白い犬だ。でかくなるまでたくさん飯を食わせて、たくさん撫でて、散歩をして、一緒の布団で眠りたい。

犬の名前を決めてやらねえとな。

『あんたはさ、よくやったよ。十分なくらい。もうそんな屋敷とか、五月女とかは放って置いてさ、やっぱり一緒に働かない？　あんたのこと結構気に入ってるし、頼りにしてる。わたしのことを守ってほしいんだよね』

鏡の夏目が右手を前に差し出す。親指と人差し指を立て、自分のこめかみへ持って行った。それを見て、木屋川はコートのポケットに手を突っこんだ。ホテルコーストで拾った宇田の拳銃を口に咥える。

本物の伊森は、そんなことを言わない。引き金を引く。

爆発するような音が響き、頭が揺れた。

42　木屋川

割れるような頭痛に悶えながら、木屋川が目を開ける。

弾丸が喉を焼き、貫きながら後頭部を貫通する、そんなイメージを見ていた。

だが、自分が見ているのは天井だった。瀟洒《しょうしゃ》なシャンデリアが見える。ゆらゆらと揺れて見えるのは、自分の目が回っているからだろう。

両足に力を籠めて、木屋川が立ち上がる。キャンバスの絵は不気味なままだが、鏡には青褪《あおざ》めた顔の自分しか映っていない。

足を引きずるように、絵画部屋の奥へと向かう。扉を開けると、そこは廊下だった。やっと抜け出せたその先には、上へと続く階段が伸びている。どこへ向かっているのかは、予想できた。

この屋敷には、象徴のような塔屋がある。

階段を上る。ぎしぎし、と床が軋んだ。心臓が早鐘を打ち、木屋川を急《せ》かす。

階段の終わりには扉があった。隙間からは明かりが洩れている。

ただの木の扉なのに、頑然とした冷たい存在感があった。扉を開かなくてもわかる。向こう側に、いる。

自分が来るのを待ち構えている。冷たい空気が、自分の首を撫でる。口内が一瞬で渇く。足がすくみ、手が震えた。騒ぐ心臓を、ひんやりとした手でつかまれているようだ。

自分は、戯《たわむ》れの一瞬で殺されるかもしれない。

帰ろう。逃げよう。生き延びたい。死にたくない。

それは、木屋川にとって、初めての感情だった。

しかし、逃げるわけにはいかない。

俺が五月女を殺さなくては、轟のような連中が生まれ、大勢の血が流れる。その中には、子供の血もあるはずだ。生まれたというだけで弱い存在の子供を、利用し、虐げ、あまつさえ命を奪うなんてことを許せない。

怒りが自分を衝《つ》き動かした。ドアノブを回し、開ける。

「いらっしゃい」

塔屋はこの屋敷で唯一といいって言いほど、寂しい場所だった。派手な電飾もなければ、高級な装飾物もない。物置にしているのだろう。古い置時計や埃《ほこり》の被った肖像画、芦刈り機と赤い燃料携行缶がいくつかと、脚立やスコップが並んでいる。

こんな場所にいても、彼女はその気品や威厳を失っていなかった。

すました顔をした五月女が椅子に座って、足を組み、退屈そうに頬に手を添えている。

「ずいぶん遅かったのね」

「飛ばして来たんだがな」

「ホテルコーストからここまで来るなんて。遠かったんじゃないかしら」

五月女が唇を引き、優雅な笑みを浮かべている。完璧すぎて、人間味のない笑顔だった。

「お前を殺す。だがその前に質問だ。咲千夏の居場所を知っているか？」

「咲千夏？」

「さっさと答えろ。ぶっ殺すぞ！」自分に怒鳴る力があるのか、と木屋川は驚いたが、五月女は「それはさっき」とけろりとしていた。「聞いたわよ」

「あの子は私が預かっているの。お母さんたちがお出かけするからって。でもどこにいるのかしら。広いお屋敷だから」

木屋川がポケットから拳銃を抜き出し、五月女に向ける。五月女はそれを一瞥《いちべつ》すると、試すように木屋川へ視線を戻した。

「怖い町に引っ越してきちゃったわね」

「全部、お前がやったんだろ」

「私？　私が何をしたって言うのかしら」

「町の連中を狂わせた」

「木屋川さんって、冗談を言うタイプだったのね」

五月女が、くすくすと笑う。木屋川は銃口を向けたまま、撃鉄を起こした。カチリ、と殺す準備が整う音がする。

「みんながお前に夢を見ている。お前が魔女だと思っている奴もいれば、不死身になる方法を知っていると思っている奴もいる。だけど、お前はただのペテン師だ。薬や言葉で人を操っているだけに過ぎない」

「ペテン師、ずいぶん安っぽい言葉」

「それがお前の正体だろ。だがな、俺にはどうでもいいことだ。取引をしよう。お前の商売の邪魔はしない。ただ、咲千夏は返せ」

「嘘ね。あなたは絶対に私を見逃さない。あなたって、子供思いで強くて優しいのね」

五月女はなんの感慨もなさそうな口調で言い、テーブルのティーカップに手を伸ばした。

「でも、あなたの負け」

カップをつかみ、掲げ、中身を床にこぼしていく。びちゃびちゃと、紅茶が床で跳ねる。

「敗因を教えてあげる。あなたは自分を過信している。でもね、あなたの想像力の及ばないことはあるのよ」

五月女は冷ややかな口調でそうもらし、自分の右胸をつかんだ。乳房を、まるで粘土を千切るように剝いで放る。床に、黒い塊が張り付く。塊が、芋虫のようにもぞもぞと這《は》い出した。

自分は一体何を見ているのか。わけがわからず、木屋川は呆然《ぼうぜん》とした。

咄嗟に、木屋川が引き金を引く。

爆発するような音と共に、手から肩、身体へと反動が伝わる。のけ反りそうになるのを、ぐっとこらえた。

五月女に銃弾は命中――せずに、後方の窓を撃ち抜いた。ガラスの悲鳴があがる。

外した？　木屋川は内心で舌を打つ。空気を、部屋を、屋敷を轟音が揺らす。引き金を引き続けているのに、命中しない。

信じられないことに、弾丸は全て五月女のすぐそばを通り抜けていった。

弾丸が四発も、だ。馬鹿な。

「あなたにだけ教えてあげる。私が、どうやって世暮島の殺人祭りから生き延びたのか。いえ、それよりずっと前から、狭くて暗い、掃きだめでろくでなしどもに囲まれて育ったのに、それでも生き残った理由。私にも、あるからなのよ。あなたみたいな加護が」

木屋川が瞬きをすると、周囲の景色が変わった。

太陽の姿がなく、空は暗澹《あんたん》とした雲で覆われている。殺伐とした大地は割れ、木々が枯れている。風が吹きすさび、黒い粉が舞って視界も悪い。生命の気配もなければ、自然も恩恵もない。茫漠《ぼうばく》とした終焉《しゅうえん》の気配だけが、不気味なほど漂っている。

ここは、終わりの風景だ。

木屋川はそう理解した。

そんな中で五月女は一人で立っていた。物憂げにも見えるし、穏やかにも見える。表情からは、その感情をどうしても読み解くことができない。

さっと五月女が左腕を前に伸ばす。

すると、風景が塗り替えられ、塔屋の中にいた。五月女が、首でも絞めるように、ゆっくりと左手を持ち上げる。何をしているのか、と木屋川が訝《いぶか》しむのと同時に、首に何かが食いこむような圧を感じた。

息が、できない。

「轟が嬉しそうに語っていたわよ。あなたは昔から、ずっと何かに守られているみたいに死ななかったらしいわね。あなたにあるのは悪運。だけど、私にあるのは幸運。あなたは傷つくことがあっても、私は傷一つつかない」

五月女が何を言っているのか、さっぱり理解できない。酸欠で、頭がぼうっとしてきた。木屋川が咳きこみ、呻くような声を洩らす。

五月女が、左手を食いこませるように指を立てると、首への圧迫は更に強くなった。

「木屋川さん、私とお友達にならない？」

「友達？」

「手を貸してもらえると、とても嬉しいの。一人でいるのは飽きたし。そうしたら、あなたには安心をあげるわ。なんにも不安を持たなくて済むの。幸せにしてあげるわよ」

心を撫でられるような、妙な声色だった。気持ちが良くて、五月女にこう言ってもらえることは、至上の悦《よろこ》びだった。頭の霧が晴れ、胸が軽くなる。いや、それどころか温かい気持ちで充《み》ちていく。かしずき、仕えることへの深い深い感謝を覚えてしまう。

もっと早く、五月女に出会いたかった。身も心も、委ねてしまえたら、これから一生迷うことも、悩むこともない。全てが良くなる。不安や恐怖は失せて、穏やかに過ごすことができる。

絶対の安心、これが幸せじゃなくて、一体なんなのか！

「お友達になりましょう」

嬉しくて、涙が溢れてくる。この人に選ばれた。俺はこの人に出会うために生きてきた。あとはこの人のために生きたら、正解なのだ。

俺には、家族がいない。友人になれそうだった町の人々も死んだ。ならば、友達を作ろう。家族を作ろう。孤独は嫌だ。

一人で死にたくない。一人で生きたくない。

俺は、誰かと生きたかったんだ。

木屋川が目を開き、五月女の顔を見る。

五月女は、何も感じていなさそうな顔をしていた。喜びにも悲しみにも飽きたような、無表情だ。それまるで、キャンバスに描かれていた真っ白なのっぺらぼうのようだった。

お前は本当に生きているのか？　お前と生きて、俺は生きていることになるのか？

生きるためには戦うしかない。だが、こいつを相手に自分ができることはせいぜい時間稼ぎだ。

　空気が張り詰め、わずかに動くだけでも、切りつけられるように緊張した。瞬きや、唾を飲むことさえも躊躇《ちゅうちょ》する。早く、早く、と念じる。

「もしかして、何かを待っているのかしら？　そうね、例えば太陽とか」

　五月女がそう言って、不敵な笑みを浮かべた。木屋川は眉根に皺を寄せ、歯嚙みをする。

「あなたは、私が魔女じゃないと思っているんじゃなかったの？　それとも怖くなって、やっぱり考えを改めのかしら」

　舌打ちをする。

　その舌打ちと呼応するように、けたたましいクラクションの音が屋敷の外から鳴った。伊森のセダンのクラクションだ。五月女が驚いたのか、窓の外を見る。木屋川の首への圧が、わずかに弱まった。

「五月女、お前の敗因は人情を侮ったことだ」

　木屋川が銃を構える。

「人間をなめるなよ」

五月女が、何かを悟った顔をした。

銃口を、部屋の隅にあった燃料携行缶へ向ける。

「やめ——」

木屋川が引き金を引いた。発砲の反動を感じながら、目をやる。この距離でガソリンに引火したら、炎からは避けられまい。銃弾はまっすぐ、燃料携行缶へ向かっていく。金属音がした。

直後、炎と轟音《ごうおん》に部屋が包まれた。衝撃を受け、身体が浮かび、後ろへ吹き飛ぶ。

暴虐の限りを尽くすように、五月女の真っ黒なドレスを、濡《ぬ》れ羽色の髪を、真っ白な肌を、ぞっとするほど美しい容姿を、炎が飲みこんだ。

炎が全てを焼き尽くす。屋敷を、魔女を、そして自分さえも。

エピローグ

あの日、一晩で四十四名の人間が死んだ。

ホテルコーストでの暴動は特にひどく、怪我人だけでも、暴動を起こした近隣住民、従業員、客を合わせて八十名を超える。連日連夜、メディアやネットでは、横浜《よこはま》で起こった暴動について騒ぎ立てていた。

ホテルコーストの支配人である轟《とどろき》が人身売買に関わっている。そう思いこんだ住民たちが決起し、３Ｄプリント銃で武装してホテルコーストに乗りこんだ。武器の入手先は不明。暴動を起こした近隣住民は全員死亡した。

ただ、彼ら彼女らが、五月女《さつきめ》なる人物の屋敷に入り浸っていたという証言はたくさん出ている。にも関わらず、その五月女なる人物はどこにもおらず、住民票もなければ戸籍にも存在していない。

向かいの席に座っている、椿《つばき》という若い記者が滔々《とうとう》とそう語った。

七三に分けた髪型で細いフレームの眼鏡をかけている。真面目なクラスの委員長が、そのまま大人になったように見えた。

木屋川は今、湊明《そうめい》駅前にあるファミリーレストランにいる。あの世界の終わりのような日から、もう一ヶ月が経《た》ったということが、信じられない。隣に座っている咲千夏《せちか》は、メロンソーダのバニラアイスをスプーンで一生懸命突《つつ》いていた。爽やかなグリーンに、白が溶けて混ざり合っている。

「ということで、間違いないですよね」

椿が概要を説明し、質問をしてきたので、首肯した。概ね間違いない。

「ああ、そうだ。メールに書いた通りだ」

「轟は死ぬのを恐れていた。そこで、五月女から不死について教わり、妄想に憑《と》りつかれた。轟が耄碌《もうろく》し、宇田《うだ》という部下がクーデターを起こした。それに湊明町の人々が利用された。そういうことですね」

「ああ、そうだ」

口にしたり、文章にしてもまるでリアリティがない話だ。

生存者である木屋川《きやかわ》に話を聞きたいと連絡をしてくる記者は山ほどいた。大勢を無視したが、それでも五月女のことが知りたくて、木屋川は大手一社だけを選んでコンタクトを許した。客観的な判断を知りたかったし、五月女について調べてわかったことがあれば教えてもらいたかったからだ。

「木屋川さん、あなたのその、五月女についての考察も読ませていただきました」

「どう思う？」

「荒唐無稽です」

「だよな」木屋川は苦笑する。

五月女とは何者なのか。いくら考えても答えは出なかった。目的はなんなのか？　どうして湊明町に来たのか？　人間なのか、それとも本当に魔女だったのか。

五月女は、湊明町に来る前、世暮島《せぼじま》にいた。そこでも、同様の暴動が起こっている。五月女が先導したからだ。五月女は人々の心をたぶらかし、何らかの妄言を周りに信じこませて、殺し合いをさせたのだろう。

湊明町に来てからは、不老不死の幻想を轟に信じこませた。《孤児院》の存在を五月女は知り、そのことを利用して地域住民に暴動を起こさせた。

「いくつか、納得のいかない点があります。まず、五月女の影響力についてです。町の人々は、どうして引っ越して来たばかりの五月女をそこまで慕《した》っていたのでしょうか。それに、『不死身』や精神の移動なんて話を、轟が鵜呑《うの》みにするとも思えません」

「それは、お前にはわからないだろうな」

椿が、わずかにむっとしたのが見て取れる。

「悪気はない。五月女の屋敷は、いつも不思議な匂いがした。薬物を使用した催眠を行っていたのかもしれないし、話術に長《た》けていたからまんまと騙《だま》したのかもしれない。ただ、俺はあいつと対面したからわかる。あいつのことを、みんな信じたくなるんだ。あいつと話していたら、悦《よろこ》びに包まれて、安心した。今でも思い出す。起きていても夢の中でも。

『お友達になりましょう』と囁《ささや》いてくるんだ」

肌を、ぞわぞわとしたものが這《は》う。だが、その不気味ささえも、木屋川には懐かしさと共に心地良く思えてしまった。五月女はいた。それは例えば、神がいた、と思えるくらいの絶対揺るがないことを知ることができたようで、恍惚《こうこつ》とした気持ちになる。

「気になることは他にもあるのですが、最もわからないのが、五月女の目的です。五月女は、どうして湊明町に来たんでしょうか？　轟を嵌《は》めることや暴動を起こす目的はなんなのか。大勢の人間を殺し合わせるサイコパスだったとお考えですか？」

サイコパスとは陳腐《ちんぷ》な言葉だなと思った。木屋川はかぶりを振る。

「目的はわからない。例えば、自然災害は別に目的はない、だろ？」

「自然災害には目的がなくても、発生のメカニズムがあります」

「例え話だ。だが、山下《やました》公園でカモメが大量に死んだ理由も、未だにわかっていないじゃないか」

そう反論すると、椿は返答に困った顔をした。

「俺もたまに、五月女は本当に精神を移すことができる魔女だったんじゃないかと思うことがある」

「それはさすがに」

「冗談だ」

隣を見ると、咲千夏がテーブルにあったナイフを持ち、どこかうっとりとした顔で見つめていた。慌てて取り上げ、「危ないから、仕舞っておけ」と教える。咲千夏は、不思議そうに首を傾《かし》げてから「はいはい」とうなずいた。

ナイフをトレイに戻し、「すまなかった」と椿に謝る。

「五月女はいいた。写真も見せてもらいました。屋敷からは身元不明の成人女性の遺体が見つかっています。五月女と呼ばれていた人物は、死んだんだと思いますよ。ただ、ふと一つだけ、気づいたことがあります。五月女の催眠についてです」

「何かわかったのか？」

「お話を聞いていて思ったのは、五月女に関わった人々はみんな、『自分が正しいことをしている』そう妄信しているように感じました。そう背中を押すのが五月女の催眠だったのかもしれませんね」

木屋川が言葉を咀嚼《そしゃく》する。正しいことをさせるのが五月女の思惑ならば、一体どうすればよかったのか。

「今のはただの妄想です。五月女が何を企《たくら》んでいたのか、それがわからないことには、やはり記事にはできません」

椿の目は冷ややかで、そもそも全部あなたの妄想かもしれませんしね、と語っている。

木屋川は別に五月女にまつわることを記事にしてもらいたかったわけではない。馬鹿馬鹿しいと、一笑に付されたら、それはそれで問題はなかった。

だが、今、頭の中で椿の発言が釣り針のように引っ掛かった。

「今なんと言った？」

「え、記事にはできません、と」

「その前だ」

「五月女が何を企んでいたのか、わからないことには」

木屋川が頭の中で、言葉を並べる。その中から、一つを手に取った。

たくらんでいた。たくらん。托卵《たくらん》。

卵を、生まれてくる命の世話を、別の生き物に行わせる行為だ。

あの日、屋敷の地下に倒れていた咲千夏を伊森が発見した。三国《みくに》が死に、咲千夏は天涯孤独になった。身元を受け入れる存在がおらず、養護施設に送ることもはばかられ、木屋川が伊森《いもり》に頼みこみ、部下として働く代わりに伊森の養子として引き取ってもらった。

咲千夏を育てる。これは、俺が決めたことだよな？　木屋川は自問する。

五月女はあの晩、咲千夏の身体に自分の意識を移して乗っ取ったのではないか？

自分は、五月女の精神が宿った咲千夏を育てる親として選ばれたのではないか？

何故か？　俺には悪運という加護があるからだ。簡単に死なないし、逞《たくま》しい保護者であれば、咲千夏をどんなことからでも守る。

五月女と出会ってからのことを思い返す。

自分は、五月女の家で悪運を披露した。

地域住民とホテルコーストの面々の暴動にも、理由があるはずだ。

暴動が起きて、何があったか？

俺が五月女と戦い、咲千夏を助けた。命を掛けて子供を助ける覚悟があるのか、試されたのではないか。

だけではない。

俺は町の住民たちに拒絶されたし、轟のホテルコーストという戻る場所もなくなった。これから、俺は咲千夏を無事に成長させることに尽力するだろう。

全ては残された咲千夏を育たせるため。五月女のそういう筋書きだったのではないか。もしかしたら「運」の話さえも、俺が轟や五月女の行動原理を納得するために用意された嘘なのかもしれない。

俺は五月女を殺せなかったのか？　炎に飲まれる瞬間を見たじゃないか。

だが、あれが五月女に見せられた幻覚であれば、塔屋にいたのは俺だけだった可能性もある。証明ができない。屋敷は既に焼け落ち、崩壊し、確かめる術《すべ》はない。屋敷は炎に飲まれて、消えた。信頼できる町の人々も死んだ。生き残っているのは、自分と伊森くらいのものだ。焼け落ちた屋敷からは、朝比《あさひ》の遺体ともう一人、身元不明の女性の遺体が発見された。あれが五月女ではなく、他の誰かなんてことがあるのか。

　全て五月女が壊していった。

　もう何も確かめることはできない。

「お力になれず、申し訳ありません。ですが、しっかりと調査はしたいと思います。五月女が世暮島や湊明町に来る前にも、事件を起こしているかもしれませんし、何か情報があれば――」

　ピンポーン、と店員を呼ぶ音が鳴った。

　木屋川は放心しながら、隣に座る咲千夏に目をやる。

　クリームソーダを飲み干した咲千夏が、右手の人差し指をくるくると回していた。

【参考文献】

『呪われたセイレム―魔女呪術の社会的起源―』ポール・ボイヤー スティーヴン・ニッセンボーム・著　山本雅・翻訳　溪水社
『子どもの頃の思い出は本物か：記憶に裏切られるとき』カール・サバー・著　越智啓太、雨宮有里、丹藤克也・翻訳　化学同人
『長寿伝説を行く』祖田修・著　農林統計出版
『生物は何故死ぬのか』小林武彦・著　講談社現代新書
『かぐわしき植物たちの秘密 香りとヒトの科学』田中修、丹治邦和・著　山と溪谷社
『植物はなぜ毒があるのか 草・木・花のしたたかな生存戦略』田中修、丹治邦和・著　幻冬舎新書
『たたかう植物　――仁義なき生存戦略』稲垣栄洋・著　ちくま新書
『ザ・必殺術新装版　プロの暗殺者のマニュアルで身を守る』ヘイ・ロン・著　第三書館
『藤子・F・不二雄大全集 少年SF短編集 1』（「ひとりぼっちの宇宙戦争」）藤子・F・不二雄・著　小学館

以上のものや横浜各地での取材を参考にしつつ、フィクションとしての嘘を多分に織り交ぜておりますので、どうかそのようにご理解いただけますと幸いです。

fHM
futami
HORROR
×
MYSTERY

作品に関するご意見、ご感想等は
東京都千代田区神田三崎町 2-18-11
fHM文庫編集部まで

本作品は書き下ろしです。

魔女《まじょ》が全《すべ》てを壊《こわ》していった

2022年7月20日　初版発行

著者……………………如月新一《きさらぎしんいち》

発行所…………………二見書房
東京都千代田区神田三崎町 2-18-11
電話　03-3515-2311（営業）
　　　03-3515-2313（編集）
振替　00170-4-2639
印刷……………………株式会社堀内印刷所
製本……………………株式会社村上製本所

ISBN978-4-576-22090-1

https://www.futami.co.jp

スーサイドホーム

柴田勝家　tounami〔装画〕

豹変した父親が発した謎の言葉、酒場で渡された呪われた家族写真、動画配信者に依存する女子大生の家に繰り返し送られてくるひしゃげた荷物……奇妙な事件に巻き込まれた人々の前に現れる謎の女・羽野アキラ。彼女は、ネット上で半ば都市伝説となっている霊能者「助葬師」だと名乗る。事件の背後に何者かの意思を感じ、調査を進めるアキラはやがて呪いの根源へ導かれていく。

二見ホラー×ミステリ文庫

化け物たちの祭礼

――呪い代行師　宮奈煌香

綿世 景　七原しえ〔装画〕

呪い代行師・宮奈煌香のもとに、猫を使役した呪いの相談が相次ぐ。煌香は全盲の姉・莉唯の勧めで、恋人の探偵の手を借り呪術者を探すのだが、それをきっかけに日常が変わり始める。美しく優しかった姉の変貌、転がり込んできた女の子、暗闇に浮かぶ仮面。これは化け物である私の呪い。だけど私の呪いは誰も代行してくれない。「急がないと、もう死ぬわよ」。〈化け物たちの祭礼〉が幕を開ける。

H

二見ホラー×ミステリ文庫

前夜祭
針谷卓史［著］　遠田志帆［画］

真夜中の校舎ではじまる殺人の狂宴——学園祭前夜、一人の教諭が異常な姿で惨殺された。恐怖にかられ職員室に閉じ籠る教員たちを襲うモノの正体とは——

沼の国
宮田 光［著］　Re°［画］

黒沼の畔に母と姉弟で引っ越してきた亮介。明るい未来が待ってると思っていたのに、待っていたのは繰り返される恐怖だった。亮介はある決意を固める。それは——

ゴーストリイ・サークル——呪われた先輩と半端な僕
栗原 ちひろ［著］　LOW RISE［画］

視えるけど祓えない半端霊能者の浅井行。今日も怪異の電話と怪奇な訪問に悩んでいた。ある晩、幽霊を祓うのではなく共存する「怪異のやり過ごし」を提案され？

怪を語れば怪来たる　怪談師夜見の怪談蒐集録
緑川 聖司［著］　アオジマイコ［画］

家賃の安さに惹かれて引っ越した西野明里。その日の晩から壁を叩く音が鳴り響く。高校の同級生の美佳に愚痴を吐いたところイケメン怪談師・夜見に紹介され——

ヒルコノメ
竹林 七草［著］　げみ［画］

祖母の葬式のため、やってきた奈良郊外。そこで見かけたのは歪な人影だった。その後、身のまわりの人々が首に細く赤い痣を浮かべ、次々に凄惨な死を遂げていく。